Günter Neidinger

Der Knabe im Moor

Ein Baden-Württemberg-Krimi

Silberburg-Verlag

Günter Neidinger, Jahrgang 1943, wuchs mit fünf Geschwistern im badischen Bühl auf, studierte dann an der Pädagogischen Hochschule in Karlsruhe und wirkte lange Jahre als Lehrer und Rektor. Seit 30 Jahren ist er als erfolgreicher Autor tätig. Über 400 Bücher mit einer Gesamtauflage von über vier Millionen Exemplaren wurden in dieser Zeit veröffentlicht und teilweise in andere Sprachen übersetzt.

1. Auflage 2016

Umschlaggestaltung: Christoph Wöhler, Tübingen.
Coverfoto: © Schmitz Olaf – iStockphoto.
Lektorat: Gertrud Menczel, Böblingen.
Druck: CPI books, Leck.
Printed in Germany.

ISBN 978-3-8425-1480-5

I

»Die ideale Gegend, um eine Leiche verschwinden zu lassen«, sagte Sonja Muri zu ihrem Mann, als sie über den schmalen Weg des Hochplateaus wanderten.

Rechts und links lag die Feuchtheide des Hochkopfs mit dem tückischen Moorboden, typisch für die Grinden-Hochmoore des Nordschwarzwaldes.

»Achtung Lebensgefahr!«, war auf den Schildern zu lesen, die Frau Muris Fantasie angeregt hatten.

»Mal den Teufel nicht an die Wand!«, meinte Armin Muri. »Sonst siehst du bald noch eine Hand oder ein Bein aus dem Boden ragen.«

Der Aufstieg von Hundseck über den Westweg hatte sich gelohnt. Die Landschaft hier oben war einmalig schön: Verwitterte Hölzer, sturmgebeugte Latschenkiefern und verkümmerte Birken zwischen Binsen, Gräsern und Moosen, Heidekraut und Beerensträuchern. Und darüber ein paar weiße Wölkchen am blauen Himmel.

»Jetzt stell dir doch mal diese Gegend im dichten Nebel vor!«, gab seine Frau zurück. »Dann sieht die Szene gespenstisch aus, richtig passend für einen Krimi!«

»Lass uns weitergehen!«, entgegnete ihr Mann mit einem etwas gequälten Lachen. »Für Gruselgeschichten bin ich heute nicht zu haben.«

Sie wanderten weiter und erreichten bald den Gipfel. Eine Bank lud zur Rast ein. »1038 m über dem Meeresspiegel« stand auf einer Tafel. Der Blick des Paares schweifte hinüber zu den Türmen und Windrädern der Hornisgrinde, dem höchsten Berg des nördlichen Schwarzwaldes. Weithin sichtbar der Sendeturm des SWR mit der rot-weißen Antenne auf dem Betonsockel. Und im Westen bot sich im gleißenden Sonnenlicht das Panorama der Rheinebene mit Sicht auf das Straßburger Münster und die Vogesen im benachbarten Elsass.

»Der ideale Platz für eine Pause!«, rief Armin Muri und holte das Vesper aus dem Rucksack.

Auf dem steinigen Pfad von Unterstmatt her näherte sich ein kläffendes Etwas. Dahinter erschien ein älteres Paar, das sich schnaufend den Weg hochquälte.

»Den Hund sollten Sie besser an die Leine nehmen«, konnte sich Herr Muri nicht verkneifen zu sagen, als sie sich ächzend auf die Nachbarbank setzten.

Doch niemand schien Notiz davon zu nehmen.

»Die verstehen wohl kein Deutsch«, sagte er ärgerlich zu seiner Frau. »Denkst du, ich soll's mal mit Französisch versuchen?«

»Mach keinen Ärger!«, beschwichtigte ihn Frau Muri. »Die sind eh schon fix und fertig, das siehst du doch!«

Irgendwie schien den Neuankömmlingen die Gesellschaft nicht zu passen, vielleicht drängelte auch der Hund. Jedenfalls standen sie auf und gingen weiter, begleitet vom Gebell des Vierbeiners.

»Bei denen gibt der Hund das Kommando«, konstatierte Armin Muri grinsend und biss herzhaft in sein Vesperbrot.

Noch eine ganze Weile war das Hundegebell zu vernehmen und dazwischen immer wieder das aufgeregte Rufen seines Frauchens: »Hierher, Schätzchen! Komm zu Frauchen, mein Liebling!« Das zeitigte allerdings anscheinend keinen Erfolg.

Wenige Minuten später mischte sich ein fürchterlicher Schrei in das Gekläffe.

»Da muss was passiert sein!«, sagte Sonja Muri besorgt. »Das kam aus der Richtung, wohin die mit dem Hund verschwunden sind.«

»Ach was, die Alte ist nur hysterisch«, versuchte ihr Mann abzuwiegeln und biss in einen Apfel.

Plötzlich kam der ältere Herr herangekeucht und japste von Weitem: »Kommen Sie schnell … im Moor … es ist furchtbar!«

»Oha! Der kann ja sprechen!«, grummelte Armin Muri vor sich hin und stand auf.

»Die alte Dame wird doch nicht ins Moor gelaufen sein?«, fragte seine Frau erschrocken.

Sie ließen alles stehen und liegen und rannten los. Rasch erreichten sie den Ort des Geschehens.

Zum Glück war der älteren Dame nichts passiert. Sie kauerte am Boden und presste ihren Hund an sich.

»Dort … dort drüben … hinter der Baumwurzel … etwas Schreckliches …«, stammelte sie und zeigte aufs Moor hinaus.

Nur mühsam war den Herrschaften zu entlocken, was sie so erschreckt hatte. Der Hund war ins Moor gelaufen und war durch kein Zurufen zum Kommen zu bewegen. Da hatte die Frau sich entschlossen, ihn zu holen. Die Feuchtheide neben dem Pfad war zum Glück nicht tief, das gefährliche Moor begann erst ein Stück weiter hinten. Trotzdem war das Betreten nicht ungefährlich, wenn man die Gegend nicht genau kannte.

Und dann sah sie, was ihr Hund entdeckt hatte. Aus dem Moorboden ragte etwas Gespenstisches heraus. Es sah aus wie eine menschliche Hand. Die Frau schrie und stolperte auf den Weg zurück. Ihr Schrei musste den Hund so verblüfft haben, dass er wie der Blitz zu ihr gerannt kam.

Jetzt, wo Hilfe da war, schien sich die ältere Dame langsam zu beruhigen, zumal sich Frau Muri um sie kümmerte.

»Man muss die Polizei verständigen«, schlug der ältere Herr vor.

»Soll ich nicht sicherheitshalber noch einmal nachsehen, ob es tatsächlich eine Hand ist? Vielleicht ist es auch nur ein Wurzelstück, das so aussieht«, versuchte Armin Muri darauf einzuwenden.

»Hören Sie«, fuhr ihn die Dame an, »ich bin vielleicht etwas älter als Sie, aber nicht senil! Ich weiß noch, was ich sehe!«

»War ja nur ein Vorschlag zur Güte«, beschwichtigte Herr Muri, zog sein Handy aus der Hosentasche und wählte die Notrufnummer.

2

»Ach Gott, diese neue Rechtschreibung«, seufzte Melanie Ams und unterbrach kurz ihr Getippe. »Schreibt man Stofffetzen jetzt mit zwei oder drei Eff?«

Hilfesuchend blickte sie zu Hauptkommissar Doninger hinüber, der sich über seinen Schreibtisch gebeugt hatte und etwas zu suchen schien.

»Zwei zu Stoff und eines zu Fetzen«, brummte er beiläufig und entdeckte endlich die Lupe, die er gesucht hatte.

»Nicht verzagen, Doninger fragen!«, kommentierte Melanie Ams und tippte fröhlich weiter.

»Ja, ich und der Herr Direktor wissen alles, sagte schon unser Hausmeister im Gymnasium«, meinte Robert Doninger und grinste vor sich hin. »Ich glaube, Berger hieß der.«

Dann vertiefte er sich wieder in seine Arbeit. Vor Jahren hätte er noch nicht nach der Lupe gegriffen, doch seine Augen hatten etwas nachgelassen.

»Was suchen Sie?« Damit machte sich Melanie Ams wieder bemerkbar.

»Den Feierabend«, sagte Doninger nur kurz, denn er hatte zu tun.

Die Büroangestellte kannte ihren Chef. Wenn so eine Bemerkung kam, wusste sie, er wollte nicht mehr gestört werden, zumal er jetzt auch noch vor sich hin summte. Ein gutes Mittel, um sich zu konzentrieren, hatte er ihr einmal erklärt. Nicht jeder konnte damit etwas anfangen. Manch einer grinste sich eins und dachte vielleicht insgeheim, der Alte würde langsam senil. Aber das täuschte gewaltig. Die grauen Zellen arbeiteten dabei umso genauer und lieferten am Ende oft die Lösung schwierigster Fälle.

Das Summen hatte ihm auch den Spitznamen »Die Drohne« eingebracht. Doninger amüsierte das. Klingt doch nicht schlecht, eher ehrfurchtsvoll, hatte er sich gedacht. Und Drohne hörte sich schließlich auch nicht ganz ungefährlich an. Den meisten war ja nicht bekannt, dass im Bienenvolk die Drohnen keinen Stachel haben und wehrlos sind. Aber war »Drohne« im Militärbereich nicht die Bezeichnung für ein schlagkräftiges Aufklärungsflugzeug? Das passte doch gut zu einem Chefermittler, wie er einer war.

Es klopfte. Kriminalrat Schaumann streckte den Kopf herein, nickte kurz Melanie Ams freundlich zu und sagte dann zu Doninger: »Kommen Sie mal kurz rüber? Die Neue ist da!«

Das hatte der Kommissar fast vergessen. Heute sollte ja die Neue kommen, die Nachfolgerin für seinen Assistenten Kaminski, der letzten Monat aus familiären Gründen nach Köln gewechselt war. Doninger hatte ihn ungern ziehen lassen, mit Kaminski hatte er gut zusammengearbeitet. Und das Sprichwort sagt, es kommt selten was Besseres nach. Die Neue kam im Austausch ebenfalls von einem Kölner Dezernat und galt als tüchtig, aber etwas zickig. Jedenfalls eilte ihr dieser Ruf voraus.

»Na, schauen wir mal, was uns da erwartet!«, brummte der Kommissar und erhob sich.

Und da stand sie.

»Darf ich Ihnen Herrn Hauptkommissar Doninger vorstellen?«, fragte Schaumann galant. »Mit ihm werden Sie ab heute zusammenarbeiten.«

Er durfte.

»Und das ist Ihre neue Mitarbeiterin, Frau Kommissarin Mertens.« Er wandte sich an Doninger.

Der Kommissar war angenehm überrascht. Eine Zicke hatte er sich anders vorgestellt. Vor ihm stand eine recht attraktive junge Dame, die ihn offen anblickte und einen sehr sympathischen Eindruck machte. Er reichte ihr die Hand.

»Willkommen in Baden-Baden!«, sagte er freundlich. »Ich hoffe, wir vertragen uns.«

»Das hoffe ich auch«, gab die Neue zurück und lächelte ihn an.

Damit war die Begrüßungszeremonie auch schon beendet, denn vom Polizeirevier Bühl war eben ein Anruf eingegangen. Im Moor auf dem Hochkopf zwischen Hundseck und Unterstmatt war eine Leiche gemeldet worden.

»Sehen Sie mal nach, was da los ist, Doninger«, ordnete der Kriminalrat an. »Sie kennen sich in der Gegend aus!«

»Wenn das kein guter Einstand ist!«, sagte Doninger zu seiner neuen Kollegin. »Darf ich Sie zu einer Fahrt in den Schwarzwald einladen?«

»Sie dürfen«, nickte die Kommissarin.

Doninger kannte den Hochkopf. Schon oft war er an freien Tagen mit seiner Frau über den Westweg von Hundseck oder Unterstmatt her zum Gipfel gewandert und hatte die wunderbare Aussicht ins Rheintal genossen. Er wusste auch, dass der Moorboden dort nicht ungefährlich war.

Deshalb rief er noch schnell das Forstamt an und bat, den zuständigen Revierförster an den Fundort zu schicken.

»Er wird uns in Hundseck erwarten«, sagte er zu seiner Kollegin, als sie losfuhren.

3

Der Wagen bahnte sich auch ohne Blaulicht und Martinshorn zügig seinen Weg durch den Straßenverkehr der Bäderstadt in Richtung Schwarzwaldhochstraße. Doninger spielte nebenbei den Fremdenführer. Nach Lichtental und Geroldsau ging es die Windungen hinauf zur Bühlerhöhe, dann am ehemaligen Kurhaus Sand vorbei nach Hundseck.

»Das müssen Sie sich alles mal in Ruhe anschauen«, empfahl er der Kommissarin. »Hier gibt es Park- und Wandermöglichkeiten in Hülle und Fülle, dazu herrliche Aussichtspunkte. Es lohnt sich, glauben Sie mir!«

Aber heute war keine Zeit dazu. In Hundseck wartete bereits Revierförster Anton Huber auf sie. Nach kurzer Begrüßung stiegen sie in seinen Geländewagen. Der war für die Waldwege besser geeignet. Vom Mannheimer Weg in Richtung Unterstmatt führte ein Weg hinauf zum Hochkopf.

Beim Aussteigen wagte die Kommissarin einen kurzen Blick ins Tal.

»Das da drüben sind die Vogesen und dort links hinten kann man das Straßburger Münster sehen«, erklärte Doninger.

Dann stapften sie hinter dem Revierförster her in Richtung Moor. Die Kollegen vom Bühler Polizeirevier hatten die Gegend bereits abgesperrt.

»Dort hinten haben wir etwas gefunden, was tatsächlich zu einer Leiche gehören könnte«, sagte der zuständige Kollege. Er zeigte in Richtung einer Baumwurzel.

Revierförster Huber ging voraus. »Hier ist es noch relativ ungefährlich«, erklärte er. »Da hinten aber ist Vorsicht geboten.«

Als sie am beschriebenen Ort angelangt waren, war sich Doninger schnell sicher, dass da wirklich eine Leiche im Moor lag. Es war eine Hand, die aus dem Boden hervorschaute, daran gab es keinen Zweifel.

»Wir rühren nichts an. Moorleichen sind heikel. Da muss die Spurensicherung her«, sagte er.

»Und ein Fachmann dazu. Im sauren Moorboden zersetzen sich Leichen anders als sonst«, ergänzte Simone Mertens.

Doninger blickte die neue Kollegin erstaunt an. »Respekt!«, sagte er anerkennend.

»Habt ihr denn in Köln auch Hochmoore?«, wollte er wissen.

»Nein, das nicht direkt.« Die Kommissarin musste lachen. »Aber auch bei uns lernt man in der Schule was.«

»Wollen Sie die Leute sehen, die den Fund gemeldet haben?«, fragte der Kollege vom Revier. »Sie sitzen da vorn auf der Bank.«

»Prima!«, antwortete Doninger und sah die Kommissarin an. »Können Sie das übernehmen?«

»Klar«, sagte sie nur und ging mit dem Polizisten hinüber zu den Wanderern.

Doninger rief über sein Handy die zuständigen Stellen an. Der Fundort musste genau untersucht und die Leiche geborgen werden. Vom Bericht der damit beschäftigten Kollegen und dem Ergebnis einer Obduktion erhoffte er sich Näheres über die Todesursache, das Geschlecht und das Alter der Leiche, um dann über weitere Schritte entscheiden zu können. Im Augenblick konnte er hier nichts mehr tun. Auch wenn er gern sofort mit weiteren Untersuchungen begonnen hätte, sagte ihm die Erfahrung, dass er nun erst einmal Geduld brauchen würde.

Denn auch die Aussagen der beiden Ehepaare, die auf den grausigen Fund gestoßen waren, hatten nichts Verwertbares gebracht. Das war auch nicht anders zu erwarten gewesen. Zum Glück hatten sie nichts angerührt und die Polizei gleich verständigt.

Schneller als gedacht trafen die Kollegen von der Spurensicherung ein. Sie machten sich gleich ans Werk. Auch Dr. Seifert von der Rechtsmedizin war dabei. Doninger wartete noch so lange ab, bis der Arzt seine ersten Untersuchungen abgeschlossen hatte.

»Wie sieht's aus?«, fragte er ihn nach geraumer Zeit. »Kann man schon etwas sagen?«

»So viel steht fest«, meinte Seifert, »eine antike Moorleiche für die Wissenschaftler ist das nicht, eher etwas für euch. Sie dürfte ihrem Zustand nach noch nicht allzu lange hier gelegen haben. Könnte der Größe nach fast noch ein Kind sein.«

»Der Knabe im Moor«, murmelte Doninger und dachte an ein Gedicht von Annette von Droste-Hülshoff, das er in der Schule lernen musste.

»Könnte sein«, stimmte der Rechtsmediziner zu und grinste dabei. Bestimmt würde Doninger auf der Heimfahrt seine Kollegin mit den Versen beglücken. Er kannte den Kommissar.

Und so kam es auch. Kaum waren sie in Hundseck losgefahren, begann Doninger auch schon versonnen, die gruselige Ballade aufzusagen:

»O schaurig ist's übers Moor zu gehn,
wenn es wimmelt vom Heiderauche,
sich wie Phantome die Dünste drehn
und die Ranke häkelt am Strauche,
unter jedem Tritte ein Quellchen springt,
wenn aus der Spalte es zischt und singt,
o, schaurig ist's übers Moor zu gehn,
wenn das Röhricht knistert im Hauche!«

»Da kommen noch fünf Strophen, aber die kann ich nicht mehr auswendig«, meinte der Kommissar. »Nur an den Schluss erinnere ich mich noch.« Und er fuhr fort:

»Ja, im Geröhre war's fürchterlich,
o schaurig war's in der Heide!«

Stolz schaute er zu Frau Mertens hinüber.

»Die Ballade heißt ›Der Knabe im Moor‹ und ist von Annette von Droste-Hülshoff, schon mal gehört?«, fragte er, als ob eine Schülerin neben ihm säße.

»Im Gymnasium haben wir ihre Novelle ›Die Judenbuche‹ gelesen. Die Droste stammte aus Westfalen, 1797 auf der Burg Hülshoff bei Münster geboren.« Die Kommissarin ließ sich auf die Rolle ein.

»Und 1848 auf der Burg Meersburg in Meersburg am Bodensee gestorben, wahrscheinlich an Lungenentzündung«, ergänzte der Kommissar. »Ich sehe, wir verstehen uns.«

»An Lungenentzündung? Ist ja auch kein Wunder, wenn man bedenkt, wie kalt es im Gemäuer der Burgen damals war«, meinte die Kommissarin und fröstelte bei dem Gedanken.

»Wie heißen Sie übrigens mit Vornamen?«, fragte Doninger unvermittelt.

»Simone«, kam die Antwort.

»Ich heiße Robert«, fügte Doninger an.

»Soll das heißen, dass wir uns ab jetzt duzen?«, fragte die Kommissarin nach einer Weile.

»Nehmen Sie's mir nicht übel, aber ich bin dienstlich immer beim ›Sie‹ geblieben, ich finde, man geht respektvoller miteinander um«, antwortete der Kommissar. »Und dabei soll es bleiben!«

»Klar, Chef«, meinte Simone Mertens, »ist mir auch lieber so!«

Inzwischen hatten sie Baden-Baden erreicht. Für heute war Dienstschluss. Morgen würde einiges an Arbeit auf sie warten.

»Haben Sie eigentlich Kinder?«, fragte Simone Mertens unvermittelt. Es ging ihr nahe, dass es sich bei dem Leichenfund um ein Kind handeln konnte.

Auch Kommissar Doninger blieb davon nicht unberührt. »Meine Kinder sind erwachsen«, gab er zur Antwort. Und nachdenklich fügte er noch an: »Niemand möchte sein Kind zu Grabe tragen müssen.«

Simone Mertens ließ sich vor einer kleinen Pension absetzen, die ihr vorläufig als Unterkunft diente. In den nächsten Tagen wollte sie sich eine passende Wohnung suchen. Robert Doninger fuhr gemächlich über das Rebland in seinen Wohnort im Laufbachtal.

»*'s ist Feierabend, 's ist Feierabend, das Tagwerk ist vollbracht …*«, summte er vor sich hin und versuchte auf diese Weise, die Gedanken an das tote Kind im Moor zu vertreiben. Er dachte an seine Enkelkinder, die zum Glück noch zu klein waren, um allein auf den Höhen des Schwarzwaldes unterwegs zu sein.

4

Das Haus, das Robert Doninger ansteuerte, lag oberhalb des Dorfes an einem Berghang. Für Fremde war es nicht leicht zu finden. Der schmale Teerweg führte immer wieder ein Stück durch den Wald und mündete schließlich in einen unbefestigten Waldweg. Spätestens an dieser Stelle dachte jeder Besucher, sich irgendwo verfahren zu haben. Doch wer sich weiter wagte, gelangte plötzlich aus dem Kastanienwald auf eine Lichtung, auf der malerisch ein schmuckes Häuschen stand mit einem herrlichen Blick ins Rheintal und die Vogesen im Hintergrund.

Hierher waren die Doningers gezogen, als die vier Kinder aus dem Haus waren und ihre eigenen Familien gegründet hatten. Jedesmal, wenn der Kommissar nach Hause kam, seine Freizeithose anzog, sich mit einem kühlen Bier auf die Terrasse setzte und in freier Natur den Blick in die Weite schweifen ließ, fühlte er sich wie im Urlaub. Kein Gedanke an die Kriminalfälle, die ihn tagsüber beschäftigten! Das war nicht immer so, aber inzwischen hatte er gelernt abzuschalten – meistens jedenfalls.

»Dienst ist Dienst und Schnaps ist Schnaps!«, lautete ein landläufiges Sprichwort. Und da war was dran. Seit er sich daran hielt, bekam er auch den Kopf wieder frei für neue Ideen und Lösungsansätze, wenn ein Fall mal völlig verworren schien.

Nicht jeder Besucher teilte Doningers Meinung. Manchem war es hier zu einsam. Im Süden und Osten Kastanienwald, im Norden Kirschbäume und nur im Westen die herrliche Aussicht und der Blick auf die nächsten Häuser unten im Ort.

»Wo sich Fuchs und Hase gute Nacht sagen«, war noch der gelindere Ausdruck, mit dem die Wohnlage beschrieben wurde.

»Am Arsch der Welt«, bekamen die Doningers auch zu hören.

Aber das kümmerte den Kommissar wenig. Seine Frau und er fühlten sich hier wohl. Sie hatten tagtäglich das, wofür andere in den Urlaub fahren und teures Geld hinlegen mussten: Natur pur und trotzdem keine Langeweile!

»Na, wie sieht sie aus, deine Neue?«, fragte Gabi Doninger beiläufig, als sie mit dem Vesper auf der Terrasse erschien.

Robert Doninger kannte seine Frau. Was da so beiläufig klang, war in Wirklichkeit eine Frage, die eine gewisse Neugier kaum verdecken konnte.

»Ganz passabel«, antwortete er gespielt uninteressiert.

Doch Gabi Doninger spürte, dass sich hinter dem »ganz passabel« eine anerkennende Zufriedenheit auf dem Gesicht ihres Gatten ausbreitete.

»Kannst sie ja mal mitbringen«, schlug sie vor.

»Nur mal langsam mit den jungen Pferden«, meinte er. »Man muss ja nicht gleich mit der Tür ins Haus fallen!«

Und er widmete sich dem Vesper, das einladend vor ihm stand: Ein erfrischender Salat aus Fleischwurst, Tomaten, Gurken und Radieschen, dazu selbstgebackenes Brot und ein kühles Bier!

»Du bist einfach ein Schatz!«, sagte er und lächelte seine Frau an.

Die Doningers genossen den schönen Sommerabend. Wie oft war er schon sehr spät nach Hause gekommen, wenn er an einem Fall dran war oder manchmal noch weg musste, wenn ein dringender Anruf kam. Sie hatten gelernt, die gemeinsame Zeit zu genießen. So vermieden sie es auch, über die aktuellen Ermittlungen zu sprechen. Wenn Robert ihre Meinung dazu erfahren wollte, fing er schon von selbst davon an. Das hatte sich inzwischen so eingespielt.

Doch über die Neue hätte Gabi Doninger schon gerne ein wenig mehr erfahren.

»Ist sie noch jung?«, fragte sie deshalb unverblümt.

»Ich glaub schon!«, kam die Antwort.

Nicht dass Gabi Doninger eifersüchtig gewesen wäre, aber neugierig auf die Neue war sie doch. Immerhin war sie die Partnerin ihres Mannes, wenn auch nur dienstlich. Aber man wusste ja nie, was in den jungen Dingern heutzutage vorging, kam ihr so in den Sinn. Der Kommissar ahnte ihre Gedankengänge.

»Ich bringe sie mal mit, sie ist in Ordnung!«, sagte er zu ihrer Beruhigung.

»Und, wer hat dich heute überfallen?«, wollte er nach einer Pause wissen.

»Stell dir vor, heute ist tatsächlich mal jemand vorbeigekommen. Genauer gesagt, es waren sogar vier«, lautete die Antwort.

Das passierte nicht oft, denn ein offizieller Weg ging am Haus nicht vorbei. Doch heute hatten sich vier Wanderer verirrt, die auf dem Ortenauer Weinpfad unterwegs waren und die Richtung verloren hatten. Es stellte sich heraus, dass sie aus Kanada waren und nach Obersasbach wollten, wo ihre Tagesetappe heute enden sollte. Sie sprachen nur Englisch und Gabi musste ihre ganzen Sprachkenntnisse aus einem Volkshochschulkurs für Anfänger zusammenkratzen, um dem Mann und den drei Frauen zu erklären, welchen Weg sie einschlagen mussten. Sie hatte ihnen auch angeboten, sie mit dem Auto das letzte Stück zu kutschieren, zumal die Sonne vom Himmel brannte und eine der Frauen ziemlich erschöpft schien. Das ließ ihr Stolz aber nicht zu, denn sie hatten sich vorgenommen, die Tagesetappen auf dem Weinpfad zu Fuß zurückzulegen.

Frau Doninger hatte sie aber vorsorglich noch mit kühlen Getränken bewirtet, ehe sich die Wanderer wieder auf den Weg machten.

»Ein Foto haben sie auch noch gemacht, bevor sie aufgebrochen sind.« Gabi Doninger musste schmunzeln.

»Vielleicht kommst du in Kanada in die Zeitung als barmherzige Samariterin«, meinte ihr Mann. »Jedenfalls hast du dafür gesorgt, dass sie eine gute Erinnerung an Deutschland haben.«

Es war nicht das erste Mal, dass sich Leute hierherverirrt hatten. Einmal war eine Wandergruppe des Schwarzwaldvereins vor der Tür gestanden und hatte nach dem Weg nach Sasbach gefragt. Ein andermal wollte eine Gruppe zu den Riederhöfen und wusste nicht mehr weiter. Oder ein Motorrad- oder Autofahrer stand ohne Orientierung plötzlich im Hof – selbst mit Navi konnte das vorkommen. Da half dann nur umkehren, in diesen Fällen gab es keine Alternative. Doch seit oben auf Doningers Betreiben das Schild »Sackgasse« angebracht worden war, kam das nur noch selten vor.

Aber Wanderer klopften weiterhin an, was auch positive Seiten hatte. Denn so kam ein wenig Abwechslung in die Einsamkeit, nicht nur, wenn Besuch da war. Doch an diesem Abend genossen die Doningers die Ruhe rund ums Haus und den Blick auf die untergehende Sonne, ein feuerroter Ball, der langsam hinter den Vogesen verschwand.

»Abendrot – trocken Brot«, zitierte Gabi Doninger eine Volksweisheit. »Morgen wird es wieder schön werden.«

»Wollen wir's hoffen«, seufzte ihr Gatte behaglich und nahm einen Schluck Rotwein, den er sich als Schlummertrunk eingeschenkt hatte.

5

Dr. Richard Seifert war ein alter Hase in seinem Beruf. Seit er in der Rechtsmedizin arbeitete, wusste er, dass Kommissare bei ihren Ermittlungen die Ergebnisse seiner Untersuchungen lieber gestern als heute vorliegen hatten. Und so war er manchmal die halbe, in komplizierten Fällen sogar die ganze Nacht am Werk, um rasch etwas präsentieren zu können. Auch dieses Mal würde Doninger bereits früh am Morgen auftauchen und einen umfangreichen Bericht erwarten. Er hatte sich nicht getäuscht. Nur war diesmal die Neue dabei.

»Welch Glanz in meiner Hütte!«, rief der Rechtsmediziner und stürzte auf die verdutzte Kommissarin zu, um ihre Hände mit solcher Vehemenz zu schütteln, dass Doninger um seine Kollegin fürchtete.

»Lass gut sein, Richard!«, wehrte er ab. »Ich brauche sie noch für die weiteren Ermittlungen. Sag lieber, was uns in dem Fall weiterhilft!«

Wenn es ums Erklären ging, war Dr. Seifert in seinem Element. Da war er ganz Dozent, wie er es an der Universität gelernt hatte, wo der Professor nebenbei die Studierenden in die Geheimnisse der Rechtsmedizin einweihte. Am liebsten fing er dann bei Adam und Eva an, um ja keine Zeitepoche auszulassen. Doch gähnende Langeweile kam dabei nie auf. Seine Schilderungen waren so plastisch und mit heiteren Anekdoten gespickt, dass das Auditorium gebannt zuhörte. Nur die Kommissare, mit denen er im Lauf der Zeit zu tun bekam, waren meistens ungeduldig und wollten nur die neuesten Erkenntnisse hören. Bei Doninger war das nicht anders.

»Also, wie gestern bereits vermutet, handelt es sich hier tatsächlich nicht um eine Moorleiche im klassischen Sinn, die aus grauer Urzeit stammt und für die sich die Wissenschaft interessieren könnte, sondern um einen Fall für die Mordkommission. Eine Moorleiche wäre durch die Huminsäuren mumifiziert, die Haut durch die Gerbsäure gegerbt. Sehen Sie sich die Bilder an, die ich hier für Sie bereitgelegt habe. Das sind Fotos von Mumien, die in Mooren gefunden wurden und die den Anthropologen und Archäologen wichtige Aufschlüsse über die Menschen und ihre Lebensgewohnheiten früherer Zeiten geben. Unsere Leiche, die wir gestern aus dem Moor gefischt haben, dürfte dort drei bis vier Monate gelegen haben, sie ist männlich und etwa dreizehn Jahre alt«, erklärte Dr. Seifert.

»Der Knabe im Moor, habe ich es nicht gestern gesagt?«, brummte der Kommissar.

»Ja, aber im Unterschied zu dem Knaben in der Ballade ist unser Bursche nicht von selbst ins Moor gelaufen, sondern dorthin geschleift worden. Und die gravierendste Abweichung betrifft das Ende. Während bei Droste-Hülshoff der Knabe dem Moor lebend entkommt, war es für den armen Kerl hier sein Grab«, wandte der Mediziner ein.

»Können Sie etwas zur Todesursache sagen?«, wollte Simone Mertens wissen.

Dr. Seifert lächelte vielsagend, zog das Tuch beiseite und zeigte auf einen Körper, an dem das Moor schon seine Spuren hinterlassen hatte.

»Die Verletzungen am Hinterkopf könnten von einem Schlag herrühren«, erklärte der Mediziner, »allerdings könnte er auch mit dem Kopf irgendwo hart aufgeschlagen sein.«

»Vielleicht von einem Auto angefahren und auf die Fahrbahn geschleudert?«, fragte die Kommissarin.

»Wäre möglich«, antwortete Dr. Seifert.

»Also ein Unfall«, resümierte Doninger.

»Ja, aber der Schädelbasisbruch hätte bei rechtzeitiger Hilfe nicht unbedingt zum Tode führen müssen«, erklärte der Rechtsmediziner. »Der Knabe ist an Erbrochenem erstickt.«

Doninger und seine neue Kommissarin sahen sich an. Mord, Totschlag, Unfall mit unterlassener Hilfeleistung, alles kam in Frage. Aber wie war der Tote dann im Moor gelandet? Und das in einer Höhe von über tausend Metern in unwegsamem Gebiet? Die beiden Ermittler spürten, dass da eine Heidenarbeit auf sie wartete.

»Viel Glück!«, meinte der Professor.

»Können wir gebrauchen.« Simone Mertens lächelte ihn an.

»Und melde dich, wenn du noch was Hilfreiches entdeckst!«, sagte Kommissar Doninger. »Kannst ja mal wieder bei uns vorbeischauen, ein paar Flaschen Affentaler Spätburgunder und Sasbachwaldener Alde Gott liegen immer im Barfach bereit.«

»Ist gebongt!«, gab Seifert zurück.

»Das Angebot gilt auch für Sie«, sagte Robert Doninger zu seiner Kollegin, als sie das Gebäude verließen und ins Auto stiegen.

»Ein Glas Sekt wäre mir fast lieber.«

»Trifft sich gut, Sekt trinkt meine Frau auch gern.« Der Kommissar startete den Wagen.

Auf der Rückfahrt in ihr Dienstgebäude hing jeder seinen Gedanken nach. Der Fall schien nicht einfach zu sein. Außer der Leiche hatten sie bisher nichts Konkretes in der Hand.

»Sie duzen sich mit Dr. Seifert?«, fragte die Kommissarin plötzlich.

»Ja, wir haben zusammen Abitur gemacht, da wäre es eigenartig, wenn wir uns jetzt auf einmal siezen würden, oder?«, fragte Doninger zurück.

»Allerdings«, gab Simone Mertens zu.

Der Kommissar vergaß für einen Augenblick den Fall und erzählte einige Schwänke aus der gemeinsamen Schulzeit und ein paar gelungene Streiche, die sie den Lehrern gespielt hatten. Erzählen konnte er, das musste die Kollegin neidlos anerkennen. Die Geschichten waren so lustig, dass sie beide immer wieder laut lachen mussten. Kein Außenstehender wäre auf die Idee gekommen, dass da zwei Ermittler höchstwahrscheinlich in einem Mordfall unterwegs waren.

6

In Doningers Büro liefen die Drähte heiß. Der Junge musste schließlich irgendwo vermisst werden. Wenn man herausfinden könnte, wer er war und wo er gewohnt hatte, wäre immerhin eine Spur da, der man nachgehen könnte. Vielleicht waren der oder die Täter im Umfeld des Toten zu finden.

»Schicken Sie per Intranet an alle Polizeidienststellen im Umkreis von fünfzig Kilometern eine Suchmeldung mit den Angaben, die wir bisher haben!«, beauftragte Doninger Melanie Ams.

»Auch an die im benachbarten Elsass?«, fragte sie zurück.

»Auch an die, wer weiß, er könnte ja über die Grenze geschafft worden sein«, kam die Antwort.

Die Kommissarin hatte inzwischen eine Flurkarte des Gebiets organisiert, in dem die Leiche gefunden worden war. Alle möglichen Zufahrtswege mussten in Betracht gezogen werden. Vielleicht bestand dann die Chance, dass die Kollegen von der Spurensicherung den einen oder anderen Hinweis beisteuern könnten.

Es klopfte kurz und Kriminalrat Schaumann stand in der Tür.

»Gibt es bereits erste Ergebnisse?«, war seine Frage.

»Gemach, gemach!«, erwiderte Doninger. »Woher nehmen, wenn nicht stehlen?«

»Ist gut, ist ja gut, nur nicht stören lassen!«, sagte Schaumann gleich beschwichtigend und verschwand wieder.

»Der hat Nerven!« Der Kommissar schüttelte den Kopf. »Dem ist wohl langweilig!«

»Ich glaube, alle Chefs sind ungeduldig«, bemerkte Simone Mertens.

»Vorsicht, junge Frau, ich bin die Geduld in Person!«, grummelte Doninger.

»Anwesende sind natürlich ausgeschlossen«, kommentierte Melanie Ams und zwinkerte der Kollegin vielsagend zu.

Das Studium der Karte brachte die Erkenntnis, dass nur ein einziger Fahrweg auf den Hochkopf führte und zwar derjenige, auf dem sie mit dem Revierförster gefahren waren. Aber der Mannheimer Weg, von dem dieser abzweigte, hatte Zufahrten von Hundseck und von Unterstmatt her und außerdem noch zweimal von der parallel verlaufenden Schwarzwaldhochstraße her. Es waren alles unbefestigte Wege, die nach Reifenabdrücken untersucht werden konnten. Dazu kam die Strecke auf der Hochfläche vom Wegende bis zur Fundstelle der Leiche. Hier waren auf dem weichen Boden bestimmt noch Spuren zu finden, die man später verwerten konnte. Der letzte Teil des Weges musste dort zweifellos zu Fuß zurückgelegt worden sein. Vielleicht war da außer Fußspuren und eventuellen Schleifspuren noch irgendein Gegenstand zu finden, der dem Verbrechen zuzuordnen wäre.

»Wir sollten das ganze Gebiet durchkämmen lassen«, schlug die Kommissarin vor.

»Sie sagen es!« Doninger nickte und griff zum Telefon.

Melanie Ams war indessen intensiv damit beschäftigt, die eingehenden Antworten auf die Anfragen bei benachbarten Dienststellen nach vermissten Jugendlichen zu sortieren. Von den meisten kam leider ein negativer Bescheid, und die wenigen Meldungen zu vermissten Kindern brachten auch keine Übereinstimmung mit dem Moorknaben. Entweder stimmte das Alter nicht oder die Körpergröße wich ab.

»Wäre auch zu schön gewesen, um wahr zu sein«, seufzte der Hauptkommissar.

»Vielleicht müssen wir den Umkreis unserer Anfragen erweitern«, meinte Simone Mertens.

»Eher unwahrscheinlich, aber einen Versuch wert.« Doninger stimmte ihr zu.

Es galt, irgendeinen brauchbaren Anhaltspunkt zu finden, damit sie mit der Aufklärung des Falles überhaupt eine Chance hatten.

»Wir sollten noch einmal auf den Hochkopf fahren, vielleicht haben wir etwas übersehen, was uns weiterhilft«, lautete deshalb der Vorschlag Doningers.

Während Frau Ams die weiteren Anfragen losschickte, machte sich Doninger mit seiner Kollegin auf den Weg. Im Außendienst zu arbeiten war ihm sowieso lieber als der ganze Bürokram. Dazu noch das schöne Wetter und die frische Schwarzwaldluft, da mussten sie ja einen Schritt vorankommen!

Sie nahmen sich heute keine Limousine, sondern ein Geländefahrzeug aus dem Fuhrpark der Dienststelle.

Simone Mertens hatte sich inzwischen schon daran gewöhnt, dass ihr neuer Chef des Öfteren vor sich hin summte. Sie fand das sogar ganz angenehm und überlegte, ob sie nicht vielleicht in das Liedchen einstimmen sollte. Aber sie kannte die Melodie nicht, und bevor sie sich blamierte, war sie lieber still.

»Darf ich Sie mal was fragen?«, unterbrach Doninger plötzlich seine musikalischen Aktivitäten.

»Nur zu!«, sagte die Kommissarin.

»Ich frage mich die ganze Zeit schon, warum Ihnen der Ruf vorauseilte, zickig zu sein. Bis jetzt habe ich Sie ganz anders erlebt.«

»Wie denn?«

»Na, eben anders, nett, kooperativ, kollegial, eben gar nicht zickig«, erklärte Doninger.

»Ich bin auch nicht zickig.« Simone Mertens musste lachen.

»Wie kann man Sie denn nur so in Verruf bringen?« Doninger klang richtig empört.

»Das verstehe ich auch nicht«, war der einzige Kommentar seiner Kollegin.

Doch sie wusste genau, wer dieses Gerücht in die Welt gesetzt hatte. Ihr voriger Chef hatte das zu verantworten. Schließlich hatte er ihr des Öfteren eindeutige Avancen gemacht und sich stets einen Korb geholt. Das hatte seinem Ego anscheinend geschadet und so kam es zu den Schikanen.

Simone Mertens wusste, dass sie hätte dagegen angehen können, aber weiteres Mobbing wäre dann wohl die Folge gewesen. Sie war jung, und der Umzug in eine neue Gegend war ihr nicht unwillkommen.

Aber davon erzählte sie nichts. Sie war froh, dass diese Zeit hinter ihr lag.

»Danke für die Komplimente!«, sagte sie strahlend.

»Bitte!«, gab Doninger zurück und summte wieder vor sich hin.

7

Auf dem Waldweg zum Hochkopf hinauf hielt Doninger plötzlich an. Die Kommissarin sah ihn fragend an.

»Lassen Sie uns den Rest zu Fuß gehen«, schlug er vor, »vielleicht finden wir einen Hinweis, der uns weiterhilft.«

Simone Mertens konnte sich zwar nicht vorstellen, dass dieses Vorhaben etwas bringen sollte, aber sie hatte nichts dagegen. Ein Spaziergang an der frischen Luft war jedenfalls nichts, was schaden konnte.

»Die Leute von der Spurensicherung könnten etwas übersehen haben«, brummte der Kommissar vor sich hin. »Vielleicht finden wir noch einen brauchbaren Hinweis.«

»Ziemlich unwahrscheinlich«, entgegnete die Kommissarin. »Denken Sie nur, wie lange das schon her ist. Der Regen hat längst alles weggewaschen.«

Sie hatte sich nämlich informiert und im Internet einiges über die Gegend in Erfahrung gebracht. Das Gebiet um die Hornisgrinde zähle zu den regenreichsten Gebieten in Deutschland, hatte sie gelesen. Und da der Hochkopf direkt daneben lag, bekam er bestimmt etwas von dem vielen Nass ab.

Inzwischen waren sie auf dem Bergrücken angelangt. Der Waldweg hörte hier auf. Links verlief ein kurzer Grasweg noch bis zu ein paar niederen, windzerzausten Bäumen, wo er endete. Rechts stand eine Holzbank und weiter hinten erblickte man den obersten Masten einer Skiliftanlage, die nach Unterstmatt hinabführte. Da war aber kein Weg. Nur geradeaus ließ sich im moorigen Gelände ein Trampelpfad ausmachen.

»Ich hole den Wagen«, sagte der Kommissar plötzlich.

Simone Mertens sah ihn fragend an.

»Setzen Sie sich derweil auf die Bank und genießen Sie das herrliche Panorama«, war die Antwort. Er lachte und machte sich auf den Weg.

Die Kommissarin ließ sich das nicht zweimal sagen. Solch einen Ausblick bis ins Elsass hinein bekam sie nicht alle Tage geboten. Der Kommissar wusste bestimmt die Namen der wichtigsten Erhebungen der Vogesen. Sie wollte ihn nachher danach fragen. Bald darauf hörte sie ihn auch schon kommen.

»Los, steigen Sie ein!«, rief er aus dem Wagen.

»Was haben Sie vor?«, fragte sie, als sie sich auf den Beifahrersitz geschwungen hatte. »Sie werden doch nicht mit mir im Moor versinken wollen?«

»Eine Leiche genügt!«, meinte Doninger und grinste. »Ich will nur was versuchen.«

Er setzte den Geländewagen in Bewegung und fuhr langsam den Trampelpfad entlang in Richtung Bergmitte. Der Boden gab zwar etwas nach, aber das Auto sank nicht ein. Sie erreichten ohne Gefahr den Wanderweg, der links ins Hochmoor und rechts nach Unterstmatt führte.

Die Kommissarin atmete tief durch. Ganz wohl war ihr nicht gewesen.

»Auf diesem Weg hätte die Leiche also transportiert werden können«, sagte sie erleichtert.

»Aber hier wäre auch Endstation gewesen«, stellte der Kommissar fest. »Weder links noch rechts kommt man mit dem Auto durch.«

Sie gingen also zu Fuß weiter in Richtung Hochmoor. Denselben Weg waren sie mit dem Revierförster Anton Huber gegangen und wussten daher auch, dass es hier nicht gefährlich war. Aber so sehr sie sich auch umschauten, es war nichts zu finden, was sie in ihrem Fall hätte weiterbringen können. Den Fundort selbst zu untersuchen, konnten sie sich schenken. Denn dort hatte die Spurensicherung bereits ganze Arbeit geleistet.

»War ja nur so eine Idee.« Damit tröstete der Kommissar mehr sich selbst als seine Kollegin.

»Versuchen wir es auf dem Grasweg, vielleicht haben wir da mehr Glück!«, schlug Simone Mertens vor.

Als sie ins Auto stiegen und auf dem Trampelpfad zurückfuhren, hatten sich gerade ein paar Wanderer zum Rasten auf die Gipfelbank gesetzt.

»Das ist ein Wanderweg und keine Autobahn!«, maulte einer und fuchtelte mit seinem Stock.

»Man sollte Anzeige erstatten!«, keifte ein anderer.

»Guten Appetit!«, rief Doninger und fuhr los.

»Wir hätten auch unsere Dienstmarken zeigen können«, sagte die Kommissarin.

»Ach was«, meinte Doninger, »beim Vespern beruhigen die sich wieder!«

»Ja, Hunger hätte ich allerdings auch«, kam darauf ein deutlicher Hinweis von Simone Mertens.

»Erst die Arbeit, dann das Vergnügen!«, war der Kommentar ihres Chefs.

»Soll das heißen, dass Sie was dabeihaben?«, fragte die Kommissarin hoffnungsvoll.

»Kann schon sein«, lautete die vielsagende Antwort.

Sie fuhren jetzt den Grasweg entlang bis zu den Bäumen, wo er endete. Hier gab es auch keine Möglichkeit weiterzufahren. Also stiegen sie aus. Langsam gingen sie in Richtung Hochmoor. Es gab zwar keinen Weg, aber zu Fuß kamen sie vorwärts.

»Wenn es Ihnen zu gefährlich ist, können Sie hier warten«, flüsterte Doninger.

»Mitgefangen, mitgehangen!«, sagte Simone Mertens tapfer. »Wenn, dann gehen wir gemeinsam unter!«

»Wie Romeo und Julia auf dem Dorfe.« Der Kommissar lachte. »Die sind aber ins Wasser gegangen.«

»Ist doch gleich, wo wir untergehen! Nur schade um das Vesper, das Sie dabeihaben, oder nicht?«, meinte sie nur.

Doninger war trotzdem etwas mulmig zumute. Er kannte das Gelände nicht. Wie, wenn er das Leben der Kollegin leichtfertig aufs Spiel setzte? Er würde sich das nie verzeihen. Und würden sie überhaupt etwas finden? Was suchten sie eigentlich? Aber irgendwie hatte er so ein Gefühl, dass sie auf der richtigen Fährte waren. Gerade hier, wo einem niemand über den Weg laufen würde, könnte man sich schließlich ungestört einer Leiche entledigen.

»Da ist was!«

Die Kommissarin zog sich Handschuhe über, bückte sich und machte sich am Boden zu schaffen. Plötzlich hielt sie ein Taschenmesser in den Händen.

»Ein Schweizer Fabrikat«, sagte sie.

»Gut gemacht, das könnte uns weiterbringen«, lobte Doninger. »Unwahrscheinlich, dass ein Wanderer hier entlanggekommen ist.«

»Und doch muss es jemand verloren haben«, stellte Simone Mertens fest. »Vielleicht der Täter? Oder es ist dem Opfer aus der Tasche gerutscht.«

Sie ließ den Fund in einer Plastiktüte verschwinden, um ihn im Labor untersuchen zu lassen.

Vorsichtig tasteten sie sich weiter und gelangten ohne Gefahr zum Fundort der Leiche.

»Also durchaus ein Weg, den der oder die Täter gegangen sein könnten«, konstatierte der Kommissar. »Ich werde die Spurensicherung noch einmal herschicken.«

Vorsichtig gingen sie den Weg zurück und waren kurz vor dem Platz, auf dem der Geländewagen stand, als Doninger plötzlich stehen blieb und mit dem rechten Fuß über den Boden scharrte. Dann hob er ein braunes, schmutziges Etwas auf.

»Sieht nach einem Stück Stoff aus, der Form nach ein Stofftaschentuch, das vermutlich einmal weiß war.«

»Wer hat denn noch so was?«, fragte Simone Mertens.

»Ich zum Beispiel«, antwortete der Kommissar und zog ein ähnliches, allerdings sauberes Exemplar aus seiner Hosentasche. »Erfüllt beim Schwitzen gute Dienste!«

Auch dieser Fund landete in einer Plastiktüte. Wer weiß, vielleicht war der Täter unterwegs ins Schwitzen gekommen?

Sie stiegen ein und fuhren los.

»Ich habe immer noch Hunger«, murmelte die Kommissarin.

Doninger hielt neben der Holzbank an und sagte: »Wie gut, dass meine Frau ein ordentliches Vesper eingepackt hat. Das reicht für uns beide.«

Simone Mertens langte zu. Ein Vesper an der frischen Luft vor einem Panorama, wie es schöner kaum vorstellbar war, was wollte sie mehr?

»Manchmal hat unser Beruf auch angenehme Seiten«, sagte der Kommissar und grinste seine Kollegin an.

»Sie kennen sich doch sicher aus mit den Vogesen und so, oder?«, wollte sie wissen.

»Ich glaube schon«, antwortete er und zeigte in die Ferne. »Dort ganz links sieht man den *Großen Belchen* oder auf Französisch *Le Grand Ballon,* mit 1423 Metern der höchste Berg der Vogesen, und dort etwa liegt die Stadt *Colmar,* bekannt durch den *Isenheimer Altar* von Matthias Grünewald. Weiter rechts kommt der *Kleine Belchen, Le Petit Ballon.* In dieser Richtung etwa müsste die *Hochkönigsburg* zu finden sein, die von 1901 bis 1908 im Stil einer Ritterburg des 15. Jahrhunderts restauriert wurde. Dort liegt der *Odilienberg,* die heilige Odilia ist die Schutzpatronin des Elsass, und dort geradeaus in 30 km Luftlinie sehen Sie *Straßburg* mit dem berühmten Münster.«

»Chapeau, Herr Hauptkommissar!« Simone Mertens war beeindruckt. »Sie kennen sich wirklich aus.«

»Bin ja schließlich hier groß geworden«, wiegelte er ab.

Sie blieben noch eine Weile sitzen und genossen die Aussicht und natürlich auch die Wurstbrote, Tomaten, Gurken, Radieschen, Äpfel und was Gabi Doninger sonst noch eingepackt hatte. Doch dann rief die Pflicht zum Aufbruch.

8

Über das Gesicht von Dr. Seifert glitt ein verzücktes Lächeln, als Simone Mertens das Zimmer betrat. »Welch Glanz in meiner Hütte!«, rief er aus.

Er stürzte geradewegs auf die Kommissarin zu und schüttelte ihr beide Hände so heftig, dass es ihr angst und bange wurde.

»Das haben Sie letztes Mal auch schon gesagt«, meinte sie und versuchte, ihre Hände wieder frei zu bekommen.

»Mag sein«, entgegnete der Mediziner, »aber es ist Tatsache: Ihr Erscheinen ist ein Lichtblick in meiner tristen Umgebung.«

Simone Mertens hörte sich die noch folgenden Komplimente artig an. Schließlich gelang es ihr, das Gespräch auf den eigentlichen Zweck ihres Besuches zu lenken. Sie wollte in Erfahrung bringen, ob Dr. Seifert neue Erkenntnisse zu bieten hatte.

»Also, fest steht, dass der Junge an Erbrochenem erstickt ist. Vorher wurde er mit hoher Wahrscheinlichkeit von einem Auto angefahren und ist mit dem Hinterkopf auf die Straße geknallt«, fasste der Rechtsmediziner zusammen.

»Also kein Mord!«, stellte die Kommissarin fest.

»Jedenfalls kein vorsätzlicher, wie es aussieht.« Dr. Seifert nickte. »Aber der Junge hätte wahrscheinlich noch gerettet werden können und seine Leiche wurde ins Moor verschleppt, das ist demnach doch eine Sache für euch.«

»Sie sagen es.«

»Aber da ist noch etwas«, fügte Dr. Seifert hinzu. »Der Junge muss schon öfters Prügel bezogen haben, am ganzen Körper habe ich Spuren davon gefunden.«

Simone Mertens überlegte. Ein Junge aus schwierigen Verhältnissen, vielleicht gar ein Straßenkind. Lag hier möglicherweise der Schlüssel zur Lösung des Falles?

Sie bedankte sich und steuerte flugs auf die Tür zu, um dem Schüttelapparat zu entgehen. Dr. Seifert blickte ihr entgeistert nach.

»Die hat's aber eilig«, murmelte er vor sich hin und blickte auf seine arbeitslosen Hände.

Draußen atmete die Kommissarin durch und machte sich erleichtert auf den Weg ins Büro. Immerhin hatte sie einen wichtigen Fingerzeig im Gepäck.

»Gut, dass Sie kommen!«, brummte Hauptkommissar Doninger, als sie das Zimmer betrat. »Der Schaumann sitzt uns im Nacken, er will Ergebnisse sehen.«

Die Kommissarin berichtete, was sie von Dr. Seifert erfahren hatte. Ihre Idee, den Schlüssel bei den Straßenkindern zu suchen, schien Doninger zu gefallen.

»Das könnte ein Ansatz sein, das würde auch erklären, warum der Junge bislang nicht unter den vermissten Kindern auftaucht.«

»Gibt es hier in der Gegend überhaupt Straßenkinder?« Simone Mertens kamen nun Zweifel an ihrer eigenen Hypothese.

»Nicht im üblichen Sinn«, erklärte ihr Doninger, »aber wir hatten immer mal wieder mit rumänischen Banden zu tun, die strafunmündige Kinder zum Betteln oder Stehlen einsetzen. Sie operieren oft vom Elsass aus und tauchen dort dann wieder unter.«

»Und da die Kinder nirgends gemeldet sind«, damit nahm die Kommissarin den Faden auf, »würde auch keiner Behörde auffallen, wenn eines davon verschwindet.«

»Wir müssen uns mit den Polizeirevieren in der Umgebung in Verbindung setzen, damit sie uns melden, wenn irgendwo in der Gegend Kinder beim Betteln oder Einbrechen erwischt werden. Vielleicht kommen wir über sie an die Hintermänner heran, und wenn wir Glück haben, bringen wir so in Erfahrung, wer unser Knabe im Moor war.«

Doninger plante bereits die nächsten Schritte. »Ich werde das mit dem Schaumann absprechen, damit er merkt, dass die Sache am Kochen ist.«

Jetzt kam auf einmal hektische Betriebsamkeit auf. Simone Mertens und Melanie Ams ließen die Drähte heiß laufen.

Inzwischen war auch die Hypothese, dass es sich bei dem Jungen um ein Straßenkind aus Rumänien handeln könnte, erhärtet worden. Von der KTU hatte Doninger einen entsprechenden Hinweis erhalten. Die Etiketten in der Kleidung des Opfers waren in rumänischer Sprache geschrieben.

Robert Doninger unterrichtete den Kriminalrat, der vorschlug, eine Expertin für Kinder- und Jugendkriminalität aus dem Polizeipräsidium in Karlsruhe zu Rate zu ziehen.

»Frau Dr. Sigrid Kiesewetter ist eine erfahrene Psychologin und kennt sich mit der Materie aus. Sie kann Ihnen bestimmt wichtige Tipps geben. Ich werde mit ihr telefonieren und sie bitten uns zu unterstützen, einverstanden?«, fragte er und suchte die Durchwahlnummer heraus, ohne eine Antwort abzuwarten.

Doninger brummte etwas Unverständliches von wegen Donnerwetter Kiesewetter in seinen nicht vorhandenen Bart und schloss die Tür hinter sich. Von Experten hielt er nicht viel. Aber wer weiß, vielleicht war diese Kiesewetter ja eine Ausnahme von der Regel, redete er sich selbst gut zu.

Am Morgen darauf stand sie schon da. Sie war nicht zu übersehen. Lächelnd stürmte sie auf den Kommissar zu und drückte seine Hand. Doninger zuckte zusammen und ging leicht in die Knie. Mein Gott, packt die zu! Es fuhr ihm durch Mark und Bein.

»Kiesewetter!«, donnerte sie los. »Und Sie müssen Kommissar Doninger sein, freut mich!«

Und erneut griff sie zu, sodass Doninger fast einen Hofknicks machte.

»Mich auch«, japste er nur.

Melanie Ams verschanzte sich vorsichtshalber hinter ihrem Schreibtisch. Als Simone Mertens ins Zimmer kam, fürchtete der Kommissar um ihr Leben. Wenn die Kiesewetter ihre Hand genauso fest packte, müsste er den Polizeiarzt holen lassen, schoss es ihm durch den Kopf. Verzweifelt versuchte er, die Kollegin mit allerhand Gesten zu warnen. Doch sie schien ihn nicht zu verstehen.

Die Psychologin blickte ihn irritiert an.

»Fehlt Ihnen was, Doninger?«, fragte sie besorgt.

Dann nickte sie der Kommissarin kurz zu und lächelte sie an. »Setzen Sie sich, liebe Kollegin, wir wollen beginnen!«, sagte sie erstaunlich piano.

Der Kommissar war erleichtert. Frau Dr. Kiesewetter rückte sich einen Stuhl zurecht und begann mit ihren Ausführungen.

»Das Problem ist sehr komplex und schon lange bekannt. Ich kann Ihnen heute nur eine Kurzfassung bieten, ein Ausflug in die Geschichte und sozialen Hintergründe würde zu weit führen. Ein abendfüllendes Programm, sage ich Ihnen.

In Rumänien beispielsweise leben seit Jahrzehnten Tausende Kinder auf der Straße. Seit dem Beitritt zur EU und der Öffnung der Grenzen werden viele dieser Kinder von professionellen Banden rekrutiert und in den Westen gebracht, um für sie zu betteln und zu stehlen. Dabei wird penibel darauf geachtet, dass sie noch in strafunmündigem Alter sind.

Die Polizei tut sich schwer mit ihnen. Erwischt sie einige, haben die Kinder weder Papiere dabei noch ist aus ihnen etwas über die Hintermänner herauszubekommen. Sie werden von ihnen verbal und mit Schlägen so eingeschüchtert, dass sie schweigen wie ein Grab. Und da sie strafunmündig sind, muss man sie wieder laufen lassen oder sie werden in ein Heim gebracht, wo sie bei nächster Gelegenheit wieder ausbüxen.

Das größte Problem für uns ist folgendes: Diese Gruppen operieren hier bei uns vom Elsass aus, wo sie von der

Polizei unbehelligt bleiben, denn die erwachsenen Hintermänner leben dort wie normale Bürger und lassen sich nichts zuschulden kommen. Und unsere Beamten dürfen dort nicht tätig werden. Erst wenn die Zusammenarbeit mit den dortigen Behörden besser funktioniert, haben wir eine reelle Chance. Wir arbeiten daran.«

»Das heißt, dass wir im Augenblick nichts dagegen tun können?«, fragte Simone Mertens.

»Nichts, das würde ich nicht sagen, eher nicht viel, nichts Entscheidendes«, bekannte die Psychologin.

»Aber es ist im Augenblick unsere einzige Chance, etwas über den toten Jungen in Erfahrung zu bringen«, stellte der Kommissar fest. »Wir müssen versuchen, eins von den Kindern zum Singen zu bringen!«

»Dann schlagen sie es halbtot, schicken es nach Rumänien zurück und ersetzen es durch ein anderes. Und zurückschicken heißt, zurück ins Elend. Hier bekommen sie wenigstens einigermaßen zu essen«, hielt ihm Dr. Kiesewetter entgegen.

»Und die rumänischen Behörden?« So schnell ließ Doninger nicht locker.

»Vergessen Sie's!«, winkte die Psychologin ab. »Die haben ganz andere Probleme im Land, als sich um diese Banden im Westen zu kümmern!«

Die Vorstellung, im Grunde nichts Konkretes unternehmen zu können, den Tod des Jungen womöglich auf sich beruhen lassen zu müssen, den Schleppern und Hehlern ihr feudales und geruhsames Leben nicht wenigstens ein wenig zu erschweren, all das ging dem Kommissar gehörig gegen den Strich.

»Was nützt mir eine Expertin, wenn sie uns nicht weiterhelfen kann?«, fragte er bitter.

»Ich mache Ihnen einen Vorschlag«, erklärte Dr. Kiesewetter ohne Groll. »Wie ich von Schaumann weiß, haben Sie die umliegenden Reviere gebeten, Sie zu informieren, wenn solche Kinder beim Betteln oder Stehlen beobachtet werden. Greifen Sie nicht zu, lassen Sie die Kinder laufen und verfolgen Sie diese mit Beamten in Zivil zu ihrem Sammelpunkt. Vielleicht gelingt es Ihnen, einen Fahrer zu schnappen. Das wäre immerhin eine Chance, an Informationen zu kommen. Ich wünsche Ihnen viel Erfolg.«

Sie erhob sich und wollte nach der Hand des Kommissars greifen. Der war aber gewarnt, trat hinter seinen Stuhl, bedankte sich und wünschte eine gute Heimfahrt.

Die Psychologin schaute kurz verdutzt, dann stürzte sie sich auf Simone Mertens, packte ihre Hand und drückte sie so, dass die Kommissarin kurz aufschrie. Melanie Ams ging vorsichtshalber gleich wieder in Deckung.

»Nicht so zimperlich, junge Frau!«, meinte die Kiesewetter nur grinsend und rauschte aus dem Büro.

Die Kommissarin kämpfte mit den Tränen. »Die braucht für ihren Händedruck einen Waffenschein!«, schnaufte sie.

»Der Kommissar kann ein Lied davon singen«, feixte Frau Ams.

»Dann hätte er mich auch vorwarnen können«, beschwerte sich Simone Mertens.

»Hab ich doch, aber Sie haben nicht reagiert«, brachte der Kommissar zu seiner Verteidigung vor.

»Ach, deswegen ihre Verrenkungen zu Beginn, sah ja urkomisch aus! Ich dachte nur, was hat er denn?«, sagte sie und konnte schon wieder lachen.

9

Als Kommissar Doninger am nächsten Morgen ins Büro kam, lagen die abschließenden Berichte der Rechtsmedizin und der Spurensicherung auf seinem Schreibtisch.

»Endlich!«, brummte er und sah hoffnungsvoll auf die Ergebnisse.

Die Vermutung von Dr. Seifert hatte sich in den weiteren Untersuchungen erhärtet. An der Leiche konnten Prellungen, Blutergüsse und ein Schädelbasisbruch nachgewiesen werden. Die Rekonstruktion hatte ergeben, dass der Junge mit großer Wahrscheinlichkeit von einem Auto erfasst und auf die Straße geschleudert worden war, den Verletzungen nach vermutlich von einem schweren Fahrzeug, einem Geländewagen zum Beispiel.

Doch wie der Rechtsmediziner schon angedeutet hatte, waren diese Verletzungen jedenfalls nicht die Todesursache. Im Bericht stand einwandfrei »Tod durch Ersticken« zu lesen. Somit schied vorsätzlicher Mord vermutlich als Motiv aus. Aber wie kam es dann zum Tod durch Ersticken und vor allem, warum wurde der Knabe ins Moor geschleift?

Da blieb noch viel Aufklärungsarbeit übrig, das war klar. Auch die Ergebnisse der Spurensicherung halfen im Augenblick nicht viel weiter. Die DNA-Spuren auf dem Messer und dem Stofftaschentuch waren weder identisch noch in irgendeiner Kartei verzeichnet. Aber wer weiß, vielleicht könnten sie in dem Fall noch wichtig werden. So schnell gab Doninger nicht auf.

Simone Mertens kam zur Tür herein und strahlte übers ganze Gesicht.

»Na, wenigstens Sie scheinen Grund zu guter Laune zu haben«, stellte der Kommissar fest und sah sie erwartungsvoll an. »Glück gehabt?«

»Und ob!«, kam die Antwort, »eine wunderhübsche, gemütliche Wohnung im Stadtteil Geroldsau, gut mit dem Bus zu erreichen.« Simone Mertens klang, als sei ihr ein Stein vom Herzen gefallen. »Und bezahlbar ist sie auch«, fügte sie lächelnd hinzu. »Ich gebe heute Abend einen aus.«

»Das lässt sich hören«, meinte Doninger, »doch erst kommt die Arbeit, dann das Vergnügen!«

Es gelte jetzt, rasch einen Plan für das weitere Vorgehen in der Kriminalsache Moorleiche zu entwickeln. Sie müssten endlich einen Lichtstrahl in dem undurchsichtigen Dunkel finden oder so etwas wie einen roten Faden, an dem sie sich orientieren könnten.

Der Kommissar unterrichtete in knappen Worten seine Kollegin von den Erkenntnissen, die er eben studiert hatte. Die Ergebnisse waren nicht gerade üppig, zumal sie eine Fehlanzeige zu verzeichnen hatten, was die weitere Spurenuntersuchung in der Umgebung des Fundorts betraf. Reifen- oder Unfallspuren konnte man nach so langer Zeit sowieso vergessen. Wichtig war jetzt vor allem, Hinweise zur Identität des Toten zu finden, damit sie in der Sache weiterkamen.

»Ich werde mal mit dem Schaumann reden, ob der sich inzwischen mit den umliegenden Polizeirevieren in Verbindung gesetzt hat«, schlug Doninger vor. »Nicht, dass wir da Kompetenzschwierigkeiten bekommen. Die reagieren nicht immer erfreut, wenn sich die Kripo einmischt.«

Der Kommissar war kaum aus der Tür, als das Telefon klingelte. Melanie Ams hatte heute ihren freien Tag, deshalb nahm die Kommissarin den Hörer ab.

Es schien Gedankenübertragung gewesen zu sein. Ein Kollege vom Bühler Revier meldete sich.

»Wir sollten uns doch melden, wenn bettelnde Kinder in der Stadt auftauchen«, sagte er. »Heute sind welche gesehen worden. Haben Sie noch Interesse daran?«

»Und ob!«, antwortete die Kommissarin, »gerade haben wir darüber gesprochen. Wir kommen sofort. Bitte unternehmen Sie nichts!«

Simone Mertens schnappte ihre Jacke und eilte aus dem Zimmer. Im Gang fing sie Doninger ab. »Kommen Sie, es ist so weit! Wir fahren nach Bühl«, rief sie ihm zu.

Auf dem Weg sprachen sie noch einmal ihr weiteres Vorgehen ab. Es galt, eine Möglichkeit zu finden, an Informationen über den toten Jungen heranzukommen. Dazu musste jemand aus der Szene gefunden werden, der nicht nur etwas wusste, sondern auch noch bereit war, darüber zu reden. Dass dies kein leichtes Unterfangen war, darüber machten sie sich keine Illusionen.

Manfred Müller, der Revierleiter, erwartete sie bereits. Er schilderte ihnen die Situation, die zwei Streifenbeamte beobachtet hatten. Im Zentrum der Stadt waren Kinder auf Betteltour unterwegs. Wie mit Baden-Baden abgesprochen, hatten sie bisher nichts unternommen, um die Ermittlungen nicht zu gefährden.

»Die Kinder werden nichts sagen, diese Hoffnung können Sie sich abschminken«, sagte der Revierleiter. »Da hilft auch kein Dolmetscher!«

»Das wissen wir«, meinte die Kommissarin, »wir wollen die Sache auch nur beobachten.«

»Vielleicht kommen wir so an einen der Hintermänner heran«, fügte der Kommissar hinzu, dem der mitleidige Blick des Revierleiters nicht gefiel.

»Es muss ja wenigstens einen Fahrer geben, der die Kinder vom Elsass hierherchauffiert hat«, ergänzte die Kommissarin.

Der Revierleiter war weiter skeptisch. Wie oft hatten seine Beamten schon versucht, den Hintermännern auf die Schliche zu kommen. Was bisher höchstens ab und zu gelang, war das Sicherstellen von Waren, wenn man die Kinder beim Stehlen oder Einbrechen erwischen konnte. Aber er wollte den beiden Kommissaren nicht im Weg stehen. Sollten sie ihre eigenen Erfahrungen sammeln.

»Ich werde Ihnen zwei ortskundige Leute mitgeben«, sagte er schließlich.

»In Zivil, sonst haben wir keine Chance«, fügte Doninger entschlossen hinzu.

»Klar!« Herr Müller nickte.

Eine halbe Stunde später waren sie unterwegs, Kommissar Doninger mit der Polizistin Kerstin Meier, die Kommissarin mit dem Kollegen Herbert Doll. Die Absprache war klar. Wegen der Bettelei sollte heute nicht eingegriffen werden. Das Augenmerk sollte allein darauf gerichtet werden, irgendeinen Erwachsenen zu erwischen, der mit den Kindern zu tun hatte. Spätestens nach der Bettelaktion mussten sie ja zum Abtransport wieder eingesammelt werden.

Der Kommissar und seine Begleiterin sahen sich auf dem Kirchplatz um, auf dem heute Markt war. Es dauerte nicht lange, bis sie ein Mädchen entdeckten, das immer wieder Passanten ansprach. Etwa zwanzig Meter weiter war eine ähnliche Beobachtung zu machen. Dort war es ein etwa gleichaltriger Junge.

»Darf ich Sie zu einer Bockwurst einladen?«, fragte Doninger die Polizistin.

Er hatte eine Würstchenbude entdeckt. Die Zeit ließe sich so besser vertreiben, dachte er sich. Kerstin Meier war nicht abgeneigt. Sie hatte heute eh noch nicht viel gegessen.

»Mit Ketchup oder Senf?«, fragte die Verkäuferin.

»Mit viel Senf!« Der Kommissar war kein Freund von halben Sachen.

»Mir nicht so viel!«, beeilte sich die Polizistin schnell zu sagen.

Robert Doninger ließ sich die Wurst schmecken. Auch der Wecken war knusprig. Nur mit dem Senf wollte es nicht so recht klappen. Da Doningers Augen mehr auf die bettelnden Kinder gerichtet waren, bemerkte er das Malheur erst, als es bereits zu spät war.

»Verdammt und zugenäht, so eine Sauerei!«, entfuhr es ihm, als er eine ganze Ladung Senf auf seinem Jackett entdeckte.

Kerstin Meier konnte sich das Lachen nicht verkneifen. Es sah zu komisch aus, wie ihr Kollege hilflos an sich hinunter blickte, als ob ihn gerade ein Storch bekleckert hätte.

»Warten Sie, ich helfe Ihnen!« Sie erbarmte sich schließlich doch und wischte mit ein paar Servietten die gröbsten Spuren weg.

»Meine Frau wird sich freuen, wenn sie das verfleckte Jackett sieht«, brummte der Kommissar, dem der Appetit vergangen war.

»Die Reinigung auch«, meinte die Kollegin. »Die möchten auch etwas verdienen.«

»Sie haben Recht. Nehmen wir's mit Humor.« Doningers Lächeln sah allerdings noch etwas gequält aus.

Trotz dieser misslichen Umstände hatten sie die bettelnden Kinder nicht aus den Augen verloren. So bekamen sie auch mit, dass die beobachteten Kinder nach einiger Zeit vom Kirchplatz in Richtung Stadtgarten liefen.

»Aha, Ortswechsel!«, sagte der Kommissar.

»Oder Feierabend!«, meinte die Polizistin.

Während sie den Kindern unauffällig folgten, rief Doninger seine Kollegin übers Handy an. Sie war mit ihrem Begleiter am belebten Johannesplatz auf Posten. Auch dort brachen die kleinen Bettler ihre Aktivitäten gerade ab und liefen ebenfalls in westlicher Richtung davon.

»Folgen Sie ihnen!«, flüsterte der Kommissar.

Es dauerte nicht lange, da war das Ziel der Bettelkinder klar. Durch den Stadtgarten ging es in Richtung Bahnhofsvorplatz, wo ein Kleinbus auf sie wartete. Wie Fahrgäste, die nach einem Bus Ausschau hielten, der sie in ihren Heimatort bringt, studierte Doninger an der Haltestelle den Fahrplan, während seine Begleiterin das Fahrzeug im Auge behielt. Am Steuer saß ein junger Mann, der den einsteigenden Kindern zulächelte. Als sich die Tür schloss, griffen die Beamten in Zivil zu.

»Fahrzeugkontrolle!«, rief die Polizistin und zückte ihren Ausweis.

Der junge Mann reagierte gelassen, kramte nach seinen Papieren und reichte sie aus dem Fenster. Der Kommissar war auf dem Sprung, aber nichts passierte.

»Wo fahren Sie hin?«, fragte er jetzt und zeigte ebenfalls kurz seinen Ausweis.

»Aha, noch einer«, meinte der Fahrer ruhig. »Ich liefere die Kinder in Haguenau ab.«

Im weiteren Frage- und Antwortspiel erfuhren die Beamten nichts, was sie weitergebracht hätte. Der junge Mann fuhr für ein Taxiunternehmen, das telefonisch beauftragt worden war, die Kinder zu einem Ausflug nach Bühl zu fahren und am Nachmittag wieder ins Elsass zurück.

Die Sache war raffiniert eingefädelt worden. Der Fahrer tat nur seinen Dienst, das Taxiunternehmen erfüllte nur einen Auftrag. Die Hintermänner blieben unerkannt, kassierten am Abend ihre Beute und lachten sich kaputt über die machtlosen Behörden.

»Scheißtag, Scheißidee!«, fluchte der Kommissar auf der Heimfahrt.

»Es war immerhin einen Versuch wert.« Seine Kollegin wollte ihn beruhigen.

»Und wir sind um eine Erfahrung reicher geworden«, brummte Doninger immer noch missgelaunt.

»Ja, und das Eis auf dem Johannesplatz war auch lecker.« Simone Mertens fuhr sich bei der Erinnerung mit der Zunge über die Lippen.

»Hören Sie mir auf!«, rief der Kommissar und dachte an sein besudeltes Jackett. »Scheißsenf!«, maulte er.

10

Es schien ein grauer Tag zu werden. Nicht nur, dass der Himmel verhangen war und ein leichter Nieselregen die Landschaft verschleierte, auch in Kommissar Doningers mysteriösen Fall schien sich kein Sonnenstrahl zu verirren, der Licht in die Angelegenheit gebracht hätte. Und zu allem Überfluss lief das Programm für diesen Tag auf reine Bürotätigkeit hinaus, die Doninger eh nur als notwendiges Übel ansah.

»Soll ich uns einen Kaffee machen?«, fragte Melanie Ams, die den trübsinnigen Blick richtig deutete, mit dem ihr Chef die Wand anstarrte.

»Eine gute Idee!«, rief Kommissarin Mertens erfreut, die gerade zur Tür hereinkam. »Zum Frühstück hat es mir heute Morgen nicht mehr gereicht, ich hab beinahe verschlafen.«

»Bei so einem Wetter auch kein Wunder!«, knurrte der Kommissar. »Da bleibt man am besten im Bett!«

»Ja, da steht man dann auch nicht mit dem linken Fuß zuerst auf«, meinte die Sekretärin und grinste vielsagend.

»Sie machen sich wohl lustig über mich?«, kläffte Doninger, der die Anspielung auf seine trübe Stimmung wohl verstanden hatte.

Simone Mertens lachte und ihr Lachen steckte irgendwie an. Plötzlich schienen sich die düsteren Wolken zu verziehen.

»Na, geht doch!«, stellte Melanie Ams zufrieden fest.

Das Telefon klingelte. Die Kommissarin nahm den Hörer ab. Am anderen Ende der Leitung hörte sie die Stimme des Rechtsmediziners Dr. Seifert. Dieser schien hocherfreut zu sein, mit der hübschen Beamtin verbunden zu sein, jedenfalls kam er aus dem Komplimenteverteilen nicht mehr heraus. Da war von leuchtendem Sonnenstrahl, von duftenden Blumen und weiteren, fast orientalisch anmutenden Attributen die Rede, sodass in Simone Mertens Gesicht allmählich eine leichte Rötung auszumachen war.

»Aha, der Richard, der Schwerenöter!«, stellte der Kommissar fest. »Hab ich Recht?«

Frau Mertens' Gesichtsfarbe wurde noch eine Spur dunkler. »Kommen Sie zur Sache, Herr Kollege!«, schnaubte sie ins Telefon. »Haben Sie was Neues für uns?«

»Und ob«, rief Dr. Seifert, »halten Sie sich fest! Die DNA-Spuren auf dem Taschenmesser stimmen mit denen von unserem Moorknaben überein. Ist das nichts?«

»Doch, das ist wenigstens ein kleiner Mosaikstein für die weiteren Ermittlungen«, sagte die Kommissarin. »Würden Sie die Liebenswürdigkeit besitzen und uns das Ergebnis Ihrer Analyse rüberfaxen?«

»Ist das eine Frage, liebste Kollegin? Das tu ich doch gern für Sie«, säuselte es in den Hörer.

»Sie sind ein Schatz!«, hauchte es zurück.

»Der schwebt heute in höheren Sphären, der liebe Doktor«, konstatierte Frau Ams, als die Kommissarin den Hörer aufgelegt hatte.

»Na, wie war ich?«, fragte Simone Mertens ihr Publikum.

»Bühnenreif!«, war denn auch Doningers Kommentar.

Es dauerte nicht lange, bis das Faxgerät ratterte.

Jetzt wussten sie wenigstens, auf welchem Weg der Junge ins Moor geschleift worden war. Vielleicht ließen sich die DNA-Spuren auf dem Taschentuch irgendwann auch einer Person zuordnen.

»Wir kommen nur weiter, wenn wir die Identität der Leiche herauskriegen«, sagte der Kommissar. »Wir müssen die Kollegen in Haguenau mal auf Trab bringen.«

»Auf ins Elsass!«, rief Simone Mertens.

Kurze Zeit später war der Kommissar mit seiner Kollegin unterwegs. Endlich hatte er einen Grund gefunden, sich vor der Büroarbeit zu drücken. Die Sache mit den Bettelkindern, die nach Haguenau ins Elsass chauffiert wurden, ließ ihn nicht los. Er war sich jetzt sicher, dass sie dieser Spur folgen mussten. Denn jetzt hatten sie noch etwas Konkretes in der Hand, eine DNA-Analyse der Leiche.

An der Staustufe Iffezheim ging es über den Rhein und schon waren sie in Frankreich.

»Jetzt Richtung Autobahn auf die A 35«, sagte Doninger in Richtung Simone Mertens.

Kaum hatte er dieses Ziel erreicht, fing er auch schon zu singen an. Nicht irgendein Lied, dieses Mal musste es die Marseillaise sein, die er im Gymnasium gelernt hatte. Diese Hymne und ihren Originaltext hatte er heute noch drauf. Prompt bekam sie die Kommissarin zu hören:

»Allons enfants de la Patrie,
le jour de gloire est arrivé!
Contre nous de la tyrannie,
l'étendard sanglant est levé,
l'étendard sanglant est levé.
Entendez-vous dans les campagnes
mugir ces féroces soldats?
Ils viennent jusque dans vos bras
égorger vos fils, vos compagnes.
Aux armes, citoyens,
formez vos bataillons,
marchons, marchons!
Qu'un sang impur
abreuve nos sillons!«

Als Doninger dann vehement den Refrain *»Aux armes, citoyens, formez vos bataillons …«* wiederholte und dabei mit dem rechten Arm durch die Luft fuchtelte, schaute die Beifahrerin doch etwas irritiert auf den Fahrzeuglenker.

»Hoffentlich hebt er nicht ab«, dachte sie insgeheim.

Doch ihre Skepsis war unbegründet, der Kommissar hatte die Lage im Griff. Für zackig klingende Nationalhymnen hatte er etwas übrig. Und die französische war so eine. Auch die italienische gefiel ihm, nur kannte er deren

Text nicht auswendig. Wer weiß, sonst hätte er sie auch noch gesungen.

»Nichts gegen das Deutschlandlied«, sagte er schließlich, als er seinen Gesang beendet hatte. »Es ist zwar feierlich, aber es reißt halt keinen vom Hocker.«

»Es ist ja auch kein Revolutionslied, sondern ursprünglich die österreichische Kaiserhymne von Joseph Haydn«, wandte Simone Mertens ein.

Nach einer Weile meinte Doninger: »Haben Sie die Italiener gesehen und gehört, wie die ihre Hymne geschmettert haben, als es 2006 bei der Fußball-WM im Halbfinale gegen Deutschland ging? Da ging ein Ruck durch die ganze Reihe der Tifosi. Kein Wunder, dass sie gewonnen haben!«

»Auch ein Revolutionslied«, sagte die Kommissarin. »Die Melodie ist recht flott, den Anfang kann ich noch.«

Und tatsächlich begann sie zu singen:

»Fratelli d'Italia,
l'Italia s'è desta,
dell' elmo di Scipio
s'è cinta la testa …«

»Genau!«, frohlockte Doninger und stimmte begeistert mit ein: »Dam-dam, da-da, dam-dam, da-da, dam-dam, da-da, dam-dam, da-da …«

Dabei schlug er mit einer Faust im Rhythmus der Melodie derart aufs Lenkrad, dass die Beifahrerin schon befürchtete, das Airbag-Kissen müsste jeden Moment herausspringen.

»Die Hymne scheint wie Doping zu wirken«, entfuhr es ihr, »und das nicht nur bei Südländern, wie man sieht!«

»Sie sagen es«, stimmte der Kommissar zu und musste lachen.

Nach wenigen Kilometern ging es auch schon wieder runter von der Autobahn. Die Ausfahrt 55 wies den Weg über Soufflenheim nach Haguenau.

»In Soufflenheim hat mal eine Großtante von mir gewohnt«, erzählte Doninger. »Aber die ist schon lange verstorben und Kinder hatte sie keine.«

»Waren Sie schon mal in Soufflenheim?«, fragte er nach einer kurzen Pause.

Die Kommissarin verneinte.

»Da müssen Sie unbedingt mal hin«, meinte der Kommissar eifrig. »Man nennt es das Töpferdorf. Dort werden die bunt bemalten Töpfe noch in Handarbeit hergestellt.«

»Liegt da nicht auch Sessenheim in der Nähe, wo Goethe der hübschen Pfarrerstochter Friederike Brion den Hof machte?«, wollte die Kommissarin wissen.

»Ja, das ist nur wenige Kilometer weit weg, wenn Sie wollen, können wir auf der Rückfahrt mal vorbeischauen.«

Im Nu lag das Reiseziel vor ihnen. Es waren ja auch nur 40 Kilometer von Baden-Baden nach Haguenau, am Flüsschen Moder gelegen und mit rund 35 000 Einwohnern die zweitgrößte Stadt nach Straßburg im Département Bas-Rhin, wie Doninger seine Begleiterin eifrig aufklärte.

»Haben Sie schon mal was von ›Friedrich dem Einäugigen‹ gehört?«, fragte er sie, wobei er ganz in seiner Rolle als Fremdenführer aufzugehen schien.

»Ein mittelalterlicher König oder Kaiser?« Simone Mertens übernahm zu Doningers Freude die Rolle der wissbegierigen Schülerin.

»Nee, der war nur Herzog, Herzog von Schwaben, einer aus dem Geschlecht der Staufer. Sein Sohn Friedrich Barbarossa wurde dann Kaiser«, erklärte der Kommissar, »der ›Rotbart‹.«

Sogleich lagen ihm Ludwig Uhlands Verse

»Als Kaiser Rotbart lobesam
zum heil'gen Land gezogen kam,
da musst' er mit dem frommen Heer
durch ein Gebirge wüst und leer …«

auf der Zunge. Aber er beherrschte sich dieses Mal. Mit Haguenau hatte die Heldenballade, die er noch aus der Schulzeit kannte, nichts zu tun.

»Und wie kommen Sie jetzt auf diesen Einäugigen?«, wunderte sich Simone Mertens.

»Na, weil wir doch hier in Haguenau sind. Er hat die Stadt im Jahr 1115 gegründet«, meinte Doninger.

»Und warum nennt man ihn den ›Einäugigen‹?«, folgte die nächste Frage.

»Weil er in einer Schlacht ein Auge verloren hatte. Die mussten ja immer um etwas kämpfen damals«, antwortete der Kommissar. »Deshalb konnte er auch nicht König werden. Ein einäugiger König war unvorstellbar.«

»So ein Pech!«, murmelte es neben ihm.

»Wir müssen in die Rue des Dominicains zur Police nationale.« Doninger konzentrierte sich nun wieder auf die Gegenwart und den eigentlichen Grund ihres Ausfluges ins Elsass. »Dort erwartet uns der Capitaine de police, Monsieur Pascal Battistant, hoffentlich kann der gut Deutsch!«

»Sie können doch Französisch, oder nicht?«, fragte Simone Mertens verwundert.

»Ja, für den Hausgebrauch langt's«, brummelte Doninger. »Ich verstehe das meiste, aber beim Sprechen hapert es, da fehlt mir die Übung!«

»Dann nehmen Sie halt die Hände und Füße noch dazu, dann wird's schon klappen!«

»Hoffentlich meint der dann nicht, ich will mich auf ihn stürzen«, erwiderte der Kommissar zweifelnd. »Eigentlich hätte uns der Commissaire de police, Monsieur Pierre Brasseur, empfangen sollen, der spricht perfekt Deutsch, aber ausgerechnet heute musste er nach Paris!«

»Wird schon werden!« Die Kommissarin ließ sich von der Unkerei ihres Chefs nicht anstecken.

11

Der französische Beamte erwartete sie nicht nur bereits, er war auch schon über den Grund ihres Besuches informiert worden. Offensichtlich hatte er einen Anruf von Kriminalrat Schaumann erhalten.

»Der ist für jede Abwechslung dankbar«, lästerte Doninger.

Die Kommissarin nahm es kaum wahr. Sie war voll auf den Capitaine fixiert. Sie hatte sich ihn irgendwie anders vorgestellt, eine stattliche Figur, zackig, temperamentvoll, eine imposante Erscheinung eben. Imposant war aber nur der riesige Schreibtisch. Was dahinter hervorkam, war ein dürres Männchen mit Glatze und Brille, aber hellwachen Augen.

»Ah, die Kollegen aus Baden-Baden, 'erzlich willkommen.« Freundlich empfing er sie mit zartem Stimmchen und französischem Akzent.

Simone Mertens glaubte in Doningers Blick eine große Erleichterung auszumachen. Der Capitaine schien der deutschen Sprache mächtig zu sein.

»Sie 'aben eine neue Kollegin?«, fuhr dieser fort und blickte den Kommissar an. »Sie sind ein …, wie sagt man in Deutschland, ein glücklicher Champignon oder so ähnlich?«

»Sie meinen wohl einen Glückspilz«, korrigierte Doninger und lachte.

Als sie Platz genommen hatten, kamen sie rasch auf den Grund ihres Treffens zu sprechen und Monsieur Battistant lauschte gespannt ihrem Vortrag. Sie schilderten ihm den Fall, den sie gerade bearbeiteten, in allen Einzelheiten und ebenso ihre bisherigen Bemühungen, das Geheimnis um die Identität des Moorknaben zu lüften.

»Und die Spur führt uns hierher«, schloss Simone Mertens ihren Bericht.

Doninger hatte mit Absicht überwiegend seine Kollegin sprechen lassen. Ihre charmante und diplomatisch geschickte Art erhöhte bestimmt die Bereitschaft zur Zusammenarbeit auf der französischen Seite. Und er hatte sich nicht getäuscht.

»Wenn man so charmant um 'ilfe gebeten wird, kann man nicht nein sagen, oder?«, sagte Monsieur Battistant mit einem charmanten Lächeln.

Er zeigte auf einen Stapel Akten, die sich, wie er erklärte, alle um dieses Thema drehten. »Madame, Monsieur, Sie können mit dem Studium beginnen.«

»Sie würden uns viel Zeit ersparen, wenn Sie uns die wichtigsten Details berichten könnten.« Doninger versuchte seinem Gegenüber nahezubringen, dass dies viel zu lange dauern würde.

»Sie würden uns einen großen Gefallen tun«, säuselte die Kommissarin und hatte damit mehr Erfolg als ihr Chef.

»Sie 'aben mich überzeugt.« Der Capitaine lächelte Simone Mertens an. Und dann legte er los.

Was die deutschen Kommissare zu hören bekamen, deckte sich nahezu mit den Aussagen der Karlsruher Polizeipsychologin Kiesewetter, deren kräftigen Händedruck sie in diesem Augenblick zu spüren glaubten.

Interessant aber war die Neuigkeit, dass es nahe der Stadt ein Erholungsheim gab, in dem nach offizieller Version Kinder aus Rumänien ihre Ferien verbringen durften. In der Regel handelte es sich dabei aber um Straßenkinder, die noch nie eine Schule von innen gesehen hatten. Als Träger der Einrichtung fungierte ein Verein von Privatleuten, der nach offiziellen Angaben karitative Zwecke verfolgte. Die eingetragenen Mitglieder, die meisten aus Rumänien eingewandert, gingen alle einer geregelten Arbeit nach und waren nie auffällig geworden.

»Anders sieht es mit dem Personal aus«, meinte der Capitaine. »Wir vermuten, dass es sich dabei 'auptsächlich um Mitglieder von 'ehlerbanden 'andelt.«

»Denen müsste man doch beikommen können«, sagte die Kommissarin.

»Oh Madame, das ist gar nicht so einfach«, wehrte Monsieur Battistant ab. »Wenn wir einem eine Straftat nachweisen können, taucht er unter. Bringen wir tatsächlich mal einen 'inter Gitter, sitzt er schweigend seine Strafe ab und verschwindet dann.«

»Und wird durch einen neuen Mann ersetzt«, ergänzte Doninger.

»Genauso ist es, Monsieur!« Der Capitaine nickte.

»Und die hehren Mitglieder des Vorstands waschen ihre Hände in Unschuld«, fügte die Kommissarin hinzu.

»Exact!«, bestätigte Battistant. »Sie entschuldigen sich offiziell und machen weiter.«

»Da hat es wohl keinen Wert, wenn wir dort wegen des Jungen nachfragen«, sagte der Kommissar resigniert.

»Auch wenn er da war, werden sie das nie zugeben. Dann müssten sie ja sein Verschwinden erklären«, meinte der Capitaine.

»Wir könnten sie wenigstens mal aufscheuchen, damit sie merken, dass die französische Polizei auf Zack ist«, wandte Simone Mertens ein.

»Was ist ›auf Zack‹?«, wollte Battistant wissen.

»Na eben, dass sie immer bereit ist einzugreifen«, versuchte die Kommissarin zu erklären.

»Wissen Sie, so wie in Ihrer zackigen Nationalhymne«, meinte Doninger und trompetete gleich los: *»Aux armes citoyens, formez vos bataillons …«*

Monsieur Battistant fuhr regelrecht zusammen. Doch als die Kommissarin lauthals lachte, verwandelte sich der Schreckensausdruck in seinem Gesicht in ein zaghaftes Lächeln.

»Mon Dieu! 'aben Sie eine Stimme!«, hüstelte er verlegen.

Auf diese Weise hoch motiviert, und um ihrer ersten ein wenig Erfolg versprechenden Spur nachzugehen, beschlossen sie dann, dem Erholungsheim doch noch einen kurzen Besuch abzustatten. Der Capitaine begleitete sie, denn er wollte nun auch beweisen, dass er »auf Zack« war.

Natürlich trafen sie völlig ahnungslose Gestalten an. Die Erwachsenen schüttelten nur den Kopf. Keiner wusste von einem verschwundenen Jungen. Und die Kinder machten nur große Augen. Zu erfahren war von ihnen ohnehin nichts.

Doch so schnell gab sich Hauptkommissar Doninger nicht geschlagen.

»Wer ist denn der Chef in dem Laden?«, polterte er los, »oder die Chefin?«

Wieder eine Mauer des Schweigens.

»Na, wird's bald?«, rief er und blickte einer etwas schmächtigen Frau direkt ins Gesicht.

»Nix verstehen!«, hauchte diese verängstigt.

»Ne comprends pas«, versuchte sie es noch auf Französisch.

Doninger spürte, dass er so nicht weiterkam.

»Wir müssen sie einzeln vernehmen«, schlug er vor, »vielleicht macht dann einer den Mund auf.«

Sie versuchten es. Die Kommissarin setzte ihren ganzen Charme ein. Auch der Capitaine half mit und hoffte, mit seinen Französischkenntnissen etwas zu erreichen. Doch das Ergebnis war niederschmetternd.

»Ohne mittelalterliche Foltermethoden ist da wohl nichts zu machen!«, sagte Doninger und lachte dabei. Immerhin hatte er seinen Humor wiedergefunden.

»Die 'alten uns wohl für arme Leuchter?«, schnaubte der Capitaine und blickte die deutschen Kollegen etwas hilflos an.

»Arme Leuchter ist gut!«, dröhnte der Kommissar los. »Den Ausdruck muss ich mir merken!«

»'abe isch falsch gesagt ›arme Leuchter‹?«, meinte der französische Kollege und schaute etwas irritiert.

»Das heißt Armleuchter und wird bei uns als Schimpfwort verwendet«, klärte ihn die Kommissarin auf.

»Oh pardon!«, sagte der Capitaine erschrocken. »Isch wollte nischt beleidigen.«

Der Kommissar beruhigte ihn.

»War doch ein großer Spaß!«, meinte er und lachte wieder.

Die Stimmung hatte sich gebessert. Erreicht hatten sie allerdings nichts. Der Ausflug ins Kinderheim war ein Schlag ins Wasser.

»Wir sind so klug als wie zuvor!«, zitierte Doninger frei nach Goethe.

»Aber nervös ist die ganze Sippschaft doch geworden. Die schlafen heute nicht so gut wie sonst«, bemerkte Simone Mertens.

»Hoffentlich!«, schnaubte Doninger. »Es kotzt mich an, wenn ich daran denke, dass man dieser Sippschaft nichts anhaben kann!«

Der Capitaine sah den Kommissar belustigt an. »Wer weiß«, meinte er, »vielleischt 'abe isch Glück mit Visitenkarten, die ich 'abe verteilt. Wie es 'eißt in Sprischwort von eusch? Die 'offnung stirbt zuletzt.«

Als sie sich verabschiedeten, hatte sich Doninger wieder etwas beruhigt.

»Sie sprechen hervorragend Deutsch«, lobte er den französischen Beamten.

»Meine Mutter stammt aus Deutschland«, erklärte der Capitaine und lächelte.

Als sie das Gebäude in der Rue des Dominicains verließen, musste Doninger aber wieder an die im Grunde erfolglose Mission im Erholungsheim denken, und sein innerer Groll verschaffte sich Luft.

»Elendes Pack!«, schimpfte er lauthals.

Irritiert blickte ihn die Kommissarin von der Seite an.

»Sie wissen schon, wen ich meine«, polterte Doninger weiter. »Diese Bande nutzt die Kinder für ihre miesen Zwecke aus und wir schauen hilflos zu. Pack, elendes!«

»Passen Sie auf, was Sie sagen!«, versuchte ihn die Kollegin zu beruhigen. »Im Nu wirft man Ihnen ausländerfeindliche Äußerungen vor.«

Das brachte den Kommissar noch mehr in Rage.

»Das fehlte noch!«, schnaubte er. »Ich und ausländerfeindlich!«

Auf der Heimfahrt verlor er zunächst kein Wort mehr darüber und auch kein Lied kam über seine Lippen, er war tief gekränkt. Simone Mertens wusste, dass der Vorwurf genau den Falschen traf, aber sie hatte sich ernsthafte Sorgen um die Gesundheit ihres Chefs gemacht, wenn er sich weiter so aufregte. Von Frau Ams war ihr längst berichtet worden, wann, wo und wie Doninger sich zusammen mit seiner Frau in den letzten Jahren für ausländische Mitbürger eingesetzt hatte. Etwa für eine Familie aus dem Iran, die kurz vor Weihnachten völlig mittellos angekommen war, für eine kurdische Mutter, die im Winter mit fünf Kindern in einer Bruchbude hauste, in der nur ein Raum notdürftig beheizt werden konnte. Und dann waren da noch die Hilfslieferungen nach Rumänien. Jedes Jahr startete ein Lastzug dorthin, organisiert von Leuten aus dem Heimatort des Kommissars, unterstützt von ihm und seiner Frau.

»Wenn alle, die so überaus schnell von Ausländerfeindlichkeit reden, sich aktiv um die armen Flüchtlinge kümmern würden, sähe die Welt anders aus!«, brach es dann plötzlich aus Doninger heraus.

Die Kommissarin schreckte aus ihren Grübeleien auf. Sie hatte an die vielen Sonntagsreden über dieses Thema und die tatsächliche Not vieler Menschen gedacht.

»Ich sollte mich mehr engagieren«, sagte sie entschlossen.

»Das war kein Vorwurf an Sie«, erwiderte Doninger.

»Ich weiß.« Simone Mertens lächelte.

»Aber jetzt auf nach Sessenheim!«, lenkte der Kommissar vom Thema ab. »Wir werden uns dort mit der Liebe im 18. Jahrhundert befassen, das ist bestimmt erfreulicher!«

Es waren nur wenige Kilometer. Bei der evangelischen Kirche mit dem Zwiebelturm hielten sie an.

»Hier war der Vater von Friederike Brion ab 1760 Pastor. Und hier verliebte sich 1770 der Straßburger Jurastudent Johann Wolfgang Goethe in die Pfarrerstochter Friederike, die zu der Zeit 18 Jahre alt war. Nach den Beschreibungen soll sie hübsch, lebensfroh, aber auch ein wenig kränklich gewesen sein. Doch die Liebesbeziehung hielt nicht lange. Bereits 1771 war es aus damit, und Friederike blieb ihr Leben lang ledig«, dozierte der Kommissar.

»Ja, das stimmt – die Arme!«, seufzte Simone Mertens.

»Wie man's nimmt!«, gab Doninger mit einem Augenzwinkern zurück.

Sie sahen sich das Innere der Kirche an. Hier schien die Zeit stehen geblieben zu sein. Das Gestühl, die Kanzel, der Altar … alles noch so, wie es auch Friederike Brion angetroffen hatte. Interessant waren die alten Holzbänke, die an den Außenseiten mit Türen versehen waren.

»Da konnte keiner aus der Bank fallen, wenn er mal bei der Predigt einschlief«, flüsterte die Kommissarin.

»Die harten Bänke laden wohl kaum zum Schlafen ein«, kam darauf von Doninger. »Da ist mein Autositz bequemer.«

»Aber nicht, dass Sie mir auf der Heimfahrt einschlafen«, scherzte seine Kollegin. »Ich möchte nicht im Graben landen.«

»Alles klar, Sie fahren!«, rief der Kommissar, als hätte er nur darauf gewartet, und gab ihr den Schlüssel.

Am nächsten Kreisverkehr blickte Simone Mertens ihren Beifahrer fragend an, um zu hören, wie es weitergehen sollte. Da kam dem Kommissar plötzlich eine Idee.

»Biegen Sie ab nach Drusenheim«, sagte er. »Ich möchte mal wieder mit der Fähre übersetzen.«

Und dann machte er der Kollegin den kleinen Umweg schmackhaft.

»In Drusenheim gibt es eine Fähre über den Rhein nach Greffern. Zehn Autos passen darauf. Und was das Tolle daran ist: Die Überfahrt ist kostenlos«, schwärmte er.

»Wenn das kein Grund ist!«, meinte die Kommissarin, lachte und gab Gas.

12

»Jetzt bleibt uns wohl nur noch ein Weg, um die Identität des toten Jungen herauszukriegen«, meinte der Kommissar, als sie am nächsten Morgen die Lage überdachten. »Wir müssen an die Öffentlichkeit gehen. Unsere Experten sollen ein Bild erstellen, wie der Junge in etwa ausgesehen haben könnte. Das geben wir an die wichtigsten Zeitungen mit einer Beschreibung der mutmaßlichen Todesumstände. Vielleicht hat irgendjemand eine Beobachtung gemacht, die uns weiterhilft.«

»Und dann sollten wir noch einmal bei sämtlichen Werkstätten und zusätzlich in einem erweiterten Umkreis nachfragen, ob seit dem fraglichen Zeitraum ein geländetaugliches Fahrzeug in Reparatur war«, schlug Simone Mertens vor. »Vielleicht wurde der Karren erst später repariert.«

Den Kommissaren war klar, dass sie jetzt jeden Strohhalm ergreifen mussten, um in der Sache weiterzukommen. Kriminalrat Schaumann wurde langsam ungeduldig und schneite bei jeder passenden oder unpassenden Gelegenheit ins Büro herein. Eben war es wieder so weit.

»Na, wie stehen die Aktien?«, wollte er wissen.

»Ich hab heute noch keinen Börsenbericht gehört«, brummte Doninger nur.

»Immer zu einem kleinen Scherz aufgelegt, der Kollege«, sagte der Kriminalrat beleidigt und rauschte davon.

»Das hat gesessen!«, meinte Melanie Ams. »Der lässt sich heute nicht mehr blicken.«

»Ihr Wort in Gottes Ohr!«, erwiderte grinsend der Kommissar.

»Also, machen wir uns an die Arbeit!« Simone Mertens beendete das Intermezzo.

Die nächsten Stunden waren sie damit beschäftigt, alle weiteren Schritte in die Wege zu leiten. Die Kommissarin hatte vorgeschlagen, auch Kriminalrat Schaumann in die Aufgaben mit einzubeziehen.

»Wir müssen ihn bei Laune halten«, war ihr Argument.

»Wenn er was zu tun hat, ist er umgänglicher«, pflichtete ihr Melanie Ams bei.

»Einverstanden!«, bellte Doninger zackig und die Sache war beschlossen.

Die Kommissarin wollte sich zusammen mit Dr. Seifert und einem Computerexperten um das Phantombild kümmern. Schaumann übernahm die Koordination der Werkstattüberprüfungen, Melanie Ams kümmerte sich um die eingehenden Anrufe und Mails.

Und Doninger?

Während die Drähte heiß liefen und sämtliches zur Verfügung stehende Personal im Einsatz war, saß der Kommissar auf dem Bürostuhl vor der Pinnwand. Er hatte sich zurückgelehnt und schaute sich alle Fotos, Skizzen, Einträge und vergrößerte Landkartenausschnitte immer wieder an. Dazwischen massierte er Stirn und Schläfen, rieb sich die Augen und atmete tief durch. Dabei dachte er angestrengt nach.

Irgendetwas Entscheidendes mussten sie übersehen haben. Bisher waren die Ermittlungen hauptsächlich in Richtung Moorleiche und Geländewagen gelaufen. Was war mit dem Fahrer? Vielleicht mussten sie den Hebel hier ansetzen. Aber wie?

Doninger sah sich die Gegend an der Schwarzwaldhochstraße auf der Karte noch einmal an. Der Fahrer musste sich dort ausgekannt haben. Auf den Waldwegen in diesem Höhengebiet fuhren nur Leute, die etwas mit der Forstwirtschaft zu tun hatten.

»Oder Jäger«, ertönte plötzlich eine Stimme aus dem Hintergrund.

Wie so oft hatte der Kommissar laut gedacht, wenn er sich allein glaubte und mit einem schwierigen Sachverhalt beschäftigt war. Und so hatte Melanie Ams seinen Gedankengängen folgen können, als sie leise ins Zimmer gekommen war, um in einem Ordner eine Liste für Kriminalrat Schaumann zu suchen.

»Oder Jäger«, wiederholte der Kommissar. »Das wäre auch eine Spur.«

Mit einem Ruck stand er auf.

»Ich bin im Forstamt, wenn mich jemand sucht«, sagte er entschlossen und sauste aus dem Zimmer.

»Waidmanns Heil!«, rief ihm Melanie Ams nach.

»Aha, der Herr Hauptkommissar persönlich, welch eine Ehre!«, empfing ihn Anton Huber.

Der Revierförster und der Kommissar kannten sich gut. Sie waren etwa im gleichen Alter und hatten schon öfters miteinander zu tun gehabt. Nicht gerade dienstlich. So viele Kriminalfälle ereigneten sich zum Glück nicht im Revier. Aber Huber wohnte im gleichen Ort wie Doninger und da lief man sich doch ab und zu über den Weg oder traf sich bei einem örtlichen Fest.

Der Kommissar war Einheimischer, Eingeborener, wie er es immer scherzhaft nannte. Der Revierförster war vor Jahren zugezogen, als er das Forstamt übernahm. Und als Zugezogener hatte er es nicht leicht, im Dorf heimisch zu werden.

»Das dauert hier mindestens drei bis vier Generationen«, hatte ihm Doninger einmal zu verstehen gegeben, als sie bei einem Viertel Riesling zusammensaßen und auf das Thema zu sprechen kamen.

»Tja, da habe ich ja noch alle Chancen!«, hatte er amüsiert geantwortet.

Aber so schlimm war der Fall bei ihm nicht. Immerhin stammte er wenigstens aus einem Nachbarort, hieß Huber wie viele andere in der Gemeinde und hatte ein gewichtiges Wort mitzureden, wenn es um die forstwirtschaftlichen Belange ging. Und mindestens ein Stück Wald hatte fast jeder Einheimische im Ort.

»Was kann ich für Sie tun?«, fragte er den Kommissar.

Doninger erklärte ihm seine Überlegungen bezüglich des Fahrzeuglenkers im Fall mit der Moorleiche. Der Revierförster konnte sich zwar nicht vorstellen, dass ein Jäger, Waldarbeiter oder sonst ein Beschäftigter in seinem Amtsbereich als Täter in Frage kommen könnte, aber was getan werden musste, wollte er tun.

»Ich werde Ihnen eine Liste mit allen Personen zukommen lassen, die in der fraglichen Zeit hier gearbeitet haben, und auch von den Jagdpächtern und allen Jägern, die hier im Revier sind«, versprach er.

Auf der Rückfahrt rief Doninger die Kommissarin an. Wie es sich für einen vorbildlichen Polizisten gehört, hatte er eine Freisprechanlage im Wagen.

»Na, wie sieht's aus?«, wollte er wissen.

»Das Foto ist fertig. Ist gut gelungen, finde ich, es sieht richtig lebendig aus«, verkündete Simone Mertens stolz. »Wir haben es bereits an die Redaktionen weitergeleitet. Schaumann hat den Text dazu verfasst. Er war ganz begeistert von seinem Werk, der Gute!«

»Sie hoffentlich auch?«, wollte Doninger wissen.

»Doch! Liest sich ganz ordentlich«, beruhigte ihn die Kommissarin. »Ich mach mich jetzt auf den Heimweg«, fügte sie noch an.

»Wie wär's denn heute mit dem versprochenen Umtrunk? Haben Sie Lust?«, fragte Doninger.

»Okay, das passt. Wir treffen uns im ›Kühlen Krug‹ in Lichtental zu einem frisch gezapften Pils«, war die Antwort.

»Das klingt verlockend! Da hat Ihnen wohl jemand einen Tipp gegeben – der könnte glatt von mir sein.« Der Kommissar schnalzte mit der Zunge und schlug beschwingt die Richtung Oberbeuern ein.

13

In den folgenden Tagen war einiges los im Blätterwald. Sämtliche Zeitungen im weiteren Umkreis veröffentlichten das Phantombild mit dem entsprechenden Text. Manche sogar auf der ersten Seite. Radiosender schickten Reporter los und auch das Fernsehen nahm sich des Themas an.

Kalte Füße durften vermutlich die organisierten Banden bekommen haben, die für die Einbruchs- und Betteltouren landauf, landab zuständig waren. Das Schicksal des »Knaben im Moor« wirbelte plötzlich wieder viel Staub auf. In den Medien wurde in Reportagen, Hintergrundberichten und Interviews auf das Schicksal der Straßenkinder aufmerksam gemacht. Die Polizei fuhr verstärkt Streife, mancher Hausbesitzer ließ sein Anwesen sichern. Die Bevölkerung wurde zu erhöhter Aufmerksamkeit aufgerufen. Und auch die Politiker gaben zu diesem Thema wieder einmal grundsätzliche Statements ab. Wie so oft, wenn eine Sache plötzlich aktuell wird, kam die ganze öffentliche Maschinerie in Gang.

»Und wenn die Sensationslust verpufft ist, bleibt alles wieder wie zuvor«, resümierte Kommissar Doninger die ganzen Aktivitäten. »Alle gehen zur Tagesordnung über und geändert hat sich dann wieder nichts! Ist doch so, oder?«

»Ja, leider!«, pflichtete ihm Simone Mertens bei.

»Aber wir müssen die augenblickliche Aufmerksamkeit der Öffentlichkeit ausnutzen«, sagte Kriminalrat Schaumann. »Vielleicht finden wir so die Nadel im Heuhaufen!« Damit zog er sich zurück in sein Büro.

Doninger sah Mertens an und grinste. So voller Tatendrang hatte er den Kriminalrat noch selten erlebt. Seit er in die Überprüfung der Autowerkstätten mit eingebunden war, schien er wie verwandelt.

»Den haben Sie im Griff, alle Achtung!«, lobte Doninger seine Kollegin.

»Sie hätten das Zeug zu einer guten Psychologin«, meinte auch Frau Ams anerkennend.

»Tausend Dank für die Komplimente, aber ich bleibe lieber hier im Kommissariat«, wehrte Simone Mertens ab.

»Recht so, wir sind froh, dass wir Sie haben!«, setzte Doninger noch eins drauf.

So ein Lob aus dem Mund des Kommissars war nicht alltäglich. Die Kommissarin fühlte sich geschmeichelt. In diesem Augenblick war sie froh, in Baden-Baden gelandet zu sein. Hier schien man ihre Arbeit anzuerkennen.

»Und zudem fehlt Ihnen der kräftige Händedruck der Kiesewetter«, legte der Kommissar scherzhaft nach.

»Gott bewahre mich davor!«, rief Simone Mertens und blickte erschrocken auf ihre schlanken Hände. Sie meinte schon, die Schraubzwingen der Kriminalpsychologin aus Karlsruhe zu spüren.

»Ich werde den Herrn Kriminalrat mal besuchen. Bin mal gespannt, wie viele Rückmeldungen auf die Presseberichte bereits hereingekommen sind – und ob sie schon überprüft wurden«, sagte Melanie Ams.

»Gemach, gemach, Frau Kollegin, machen Sie die Pferde nicht scheu!«, rief Doninger ihr hinterher.

Jeden Tag gingen nun weitere Hinweise ein. Brauchbares war bisher nicht dabei gewesen. Kein repariertes Auto, das zum vermutlichen Tathergang gepasst hätte. Und wenn dann doch mal eines in Frage gekommen wäre, ließ sich der Schaden durch irgendeinen anderen Vorgang erklären. Lauter Fehlanzeigen!

Auch die Überprüfung der inzwischen wie versprochen zugesandten Liste des Forstamts schien ins Leere zu laufen. Zwar war mancher erschrocken, als die Polizei plötzlich auftauchte. Vielleicht hatte ein Waldarbeiter das eine oder andere Mal ein paar Scheite Holz privat eingesackt oder ein paar Stunden schwarzgearbeitet. Vielleicht hatte ein Jäger die Schonzeit für das Wild »versehentlich« um einen Tag verkürzt. Wer weiß! Aber mehr steckte wohl nicht dahinter. Jedenfalls konnte bisher bei keinem eine Verbindung zum vorliegenden Fall nachgewiesen werden.

Was die Hinweise aufgrund des Phantombildes anging, erwartete die damit beschäftigten Beamten eine Riesenarbeit! Hunderte wollten einen ähnlich aussehenden Jungen gesehen haben. Doch wirklich Hilfreiches war nicht dabei.

Manche machten sich gar einen Jux daraus und wollten in dem Knaben Popstars wie Justin Bieber oder einen der Jungs von »One Direction« erkannt haben. Natürlich waren diese »Hinweise« anonym eingegangen.

»Die meinen wohl, sie müssten uns mit ein paar Späßen aufheitern«, brummte Kommissar Doninger, als sie die Liste durcharbeiteten.

»Weil wir sonst nichts zu tun haben«, ergänzte Kriminalrat Schaumann sarkastisch.

»Scherzkekse gibt es überall«, meinte Simone Mertens nur, »sehen wir's gelassen!«

»Richtig! In diesem Fall können wir das gelassen sehen«, sagte der Kommissar. »Es wäre ja auch bescheuert, in dem Knaben Justin Bieber oder sonst einen Popstar zu vermuten. Aber ich kann mich an Fälle erinnern, wo wir wochenlang falschen Fährten nachgegangen sind, die uns sogenannte sachdienliche Hinweise beschert haben. Ich erinnere nur an den etwas korpulenten Mann mit einer dunklen Brille, den wir nach einem Banküberfall in halb Deutschland gesucht haben, bis es sich herausstellte, dass wir einem harmlosen Staubsaugervertreter nachgejagt sind. Mehrere Hinweise waren damals eingegangen, dass er sich in der fraglichen Zeit am Tatort aufgehalten hätte.«

»Oder die rothaarige Frau mit den Sommersprossen, die mehreren Zeugen aufgefallen war, als in Baden-Oos ein Juweliergeschäft überfallen wurde und ein Mann zu Tode kam. Auch diese Suche hielt uns wochenlang in Atem. Nachher stellte sich heraus, dass sie als Touristin rein zufällig in der Nähe war«, erinnerte sich der Kriminalrat.

»Sicher, solche Fälle gibt es immer wieder«, mischte sich nun auch Simone Mertens ein. »Das war in Köln nicht anders. Aber wir sind eben auf Hinweise aus der Bevölkerung angewiesen. Und manchmal ist ja auch ein Treffer darunter!«

Tatsächlich waren in diesem Fall ein paar Meldungen darunter, die vielversprechend klangen. Ihnen wurde selbstverständlich gründlich nachgegangen. Aber trotz intensiver Suche liefen auch sie nach und nach ins Leere.

»Es ist wie verhext!«, seufzte Melanie Ams. »Wir strampeln uns Tag für Tag ab und jedes Mal das gleiche Ergebnis: Fehlanzeige!«

»Es ist echt frustrierend! Aber wir geben nicht auf!«, sagte Simone Mertens bestimmt.

»Richtig! Irgendwann ist was dabei, ich spüre es«, sagte Doninger und blickte zuversichtlich in die Runde.

An diesem Abend kam der Kommissar spät nach Hause. Seine Frau war das gewohnt. Sie wusste ja, dass ihr Mann keine festen Dienstzeiten hatte wie ein Fabrikarbeiter. Trotzdem konnte sie es nicht lassen, ihn hie und da zu foppen.

»Hast dich mal wieder nicht von deiner hübschen Kollegin trennen können«, meinte sie heute und grinste ihn vielsagend an.

Doninger war aber darum nicht verlegen und zahlte es ihr mit gleicher Münze zurück. »Klar, fällt einem auch schwer, wenn man sieht, was für einen Kruscht man daheim hat!«, sagte er frech und grinste ebenfalls.

Auf solch einen derben Spruch war Gabi Doninger dann doch nicht gefasst. Die Antwort blieb ihr fast im Hals stecken.

»Wie kommst denn du mir vor?«, würgte sie mühsam hervor. »Als Kruscht betitelst du mich, das hab ich aber noch nie von dir gehört!«

»Einmal ist immer das erste Mal!«, gab ihr Mann lachend zur Antwort und ging vorsichtshalber in Deckung.

»Und hoffentlich auch das letzte Mal!«, drohte seine Frau. »Sonst kannst du dir eine andere Hauswirtschafterin suchen!« Sie schien wirklich verärgert zu sein.

»Ich glaub's nicht, ›Kruscht‹ nennt der mich!«, schnaubte sie noch mal und schüttelte den Kopf.

Doninger wusste, dass es jetzt höchste Eisenbahn war, gegenzusteuern. Sonst hätte er sich selber um sein Vesper kümmern müssen.

»Du weißt doch, dass du mein allergrößter Schatz bist«, lenkte er ein. »Und das wirst du auch immer bleiben.«

»Das will ich auch hoffen!«, meinte Gabi Doninger ein wenig besänftigt. »So eine wie mich kriegst du sowieso nirgends!«

Da konnte Robert Doninger nicht widersprechen.

»Ja, du bist einmalig!«, gab er zu.

Und als sie ihn etwas zweifelnd ansah, fügte er schnell hinzu: »Einmalig super!«

Das Vesper war gerettet.

14

»Chef, da ist eine Beamtin vom Polizeirevier Freudenstadt in der Leitung«, sagte Melanie Ams, als Doninger wieder einmal vor der Pinnwand stand und grübelte. »Es scheint wichtig zu sein.«

Der Kommissar schnappte den Hörer. »Doninger!«, bellte er hinein.

»Müller-Reichstein«, flötete eine Frauenstimme zurück, »Polizeirevier Freudenstadt, ich möchte mit Ihnen über eine Beobachtung im Fall Moorleiche sprechen.«

»Nur zu«, forderte Doninger sie auf, »wir sind für jeden Hinweis dankbar.«

Im Verlauf des Gesprächs wurde der Kommissar immer hellhöriger. Endlich schien die Nadel im Heuhaufen sichtbar zu werden.

Simone Mertens blickte in ein hoffnungsvolles Gesicht, als sie das Büro betrat.

»Haben Sie vielen Dank, liebe Kollegin, wir sind in einer Stunde da«, hörte sie Doninger noch sagen, bevor er auflegte.

»Kommen Sie, es gibt Neuigkeiten!«, empfing er die Kommissarin und schnappte sein Jackett. »Wir fahren nach Freudenstadt.«

Melanie Ams hätte zu gern gewusst, worum es ging. Aber sie war die spontanen Entschlüsse des Kommissars gewohnt. Spätestens nach seiner Rückkehr würde sie erfahren, was da so eilig gewesen war. Denn meistens blieb die nachträgliche Schreibarbeit an ihr hängen.

»Viel Erfolg!«, rief sie den beiden nach.

Im Auto ließ Doninger dann die Katze aus dem Sack. Der Sachverhalt war so: Vor ein paar Wochen war im Polizeirevier Freudenstadt ein Anruf eingegangen, mit dem die Kollegen dort bisher nichts hatten anfangen können. Eine aufgeregte, noch ziemlich jung klingende Stimme war da zu hören gewesen und hatte in mal deutschen, mal französischen Satzfetzen etwas von »in Zeitung sehen«, »Schwester aus Romania«, »wo finden« und »Freudenstadt sein« geradebrecht. Die Beamtin, die den Anruf entgegengenommen hatte, glaubte herauszuhören, dass das Kind, der Stimme nach ein Junge, seine Schwester in Freudenstadt suchte.

»Du suchen!«, hatte er noch gesagt und: »Ich wiederkommen.«

Sämtliche Rückfragen der Beamtin nach seiner Person hatte er mit »nix gut« abgewehrt. Das Studium der Zeitungen im Bereich des Reviers und der Umgebung hatte nichts Greifbares ergeben. Auch hatte der Junge nie wieder angerufen, sodass der Vorgang mit dem Vermerk »unerledigt« zu den Akten gelegt wurde.

Aufgrund der Medienkampagne um den Moorknaben und seine mögliche Herkunft aus Rumänien hatte sich die Beamtin an den mysteriösen Anruf erinnert und die Akte wieder hervorgeholt. Sie hatte sämtliche Zeitungen aus der Fundgegend und dem angrenzenden Elsass angefordert, die in den Tagen vor dem Anruf erschienen waren.

»Sagen Sie nur, der Anruf ist datiert«, meinte die Kommissarin hoffnungsvoll.

»Ist er!«, rief Doninger triumphierend. »Es war der 17. März, Uhrzeit 10.52 Uhr.«

»Da haben wir doch schon mal was Konkretes«, konstatierte Simone Mertens.

Doch Hauptkommissar Doninger hatte noch mehr erfahren. Beim Studium der Zeitungen war die Freudenstädter Kollegin Müller-Reichstein im »Acher- und Bühler Bote« vom 15. März auf ein Bild gestoßen, das eine Freudenstädter Mädchenmannschaft zeigte, die in Bühl ein Volleyballturnier gewonnen hatte.

»Vielleicht ist da die Schwester dabei, die der Junge gesucht hat«, ging es der Kollegin durch den Kopf.

Sie hatte Glück. Im Vereinsheim des Clubs, das sie noch am gleichen Tag aufsuchte, hing neben dem gewonnenen

Pokal das Bild der Siegermannschaft mit den Namen der Mädchen.

»Schwester aus Romania«, hatte die Stimme am Telefon gesagt. Doch keiner der Namen klang rumänisch. Eine falsche Fährte also?

Die Beamtin gab nicht auf. Sie fragte nach und erfuhr dabei, dass eines der Mädchen tatsächlich aus Rumänien stammte.

»Hier, die Alexia«, sagte der Vereinsboss und zeigte auf ein schlankes, schwarzhaariges Mädchen. »Sie wurde vor ein paar Jahren von einer hiesigen Familie adoptiert. Eine tolle Spielerin!«, fügte er hinzu.

Jetzt war der Zeitpunkt gekommen, an dem die Kollegin es für richtig gehalten hatte, die zuständige Kripo in die weiteren Ermittlungen einzuschalten.

»Da ist aber gleich ein dickes Lob fällig!«, bemerkte Simone Mertens, als der Kommissar seinen ausführlichen Bericht beendet hatte.

»Darauf können Sie sich verlassen!«, stimmte Doninger ihr zu.

Zusammen mit der Kollegin Müller-Reichstein suchten sie die Familie auf. Die Geschichte, die man ihnen erzählte, war ziemlich traurig.

Alexias Eltern waren bei einem Autounfall ums Leben gekommen. Die Kinder, Alexia und ihre zwei Brüder, kamen in verschiedenen Heimen unter. Sie hatte das Glück, von einer deutschen Familie adoptiert zu werden, deren eigene Tochter an Leukämie gestorben war. Von den Brüdern hatte sie nie mehr etwas gehört. Alle Nachforschungen führten zu nichts. Das Heim, in dem sie anfangs waren, gab es nicht mehr. Und mit bürokratischer Genauigkeit nahm man es in Rumänien nicht so ernst. Es konnte gut sein, dass die Brüder eines Tages auf der Straße gelandet waren.

Simone Mertens sprach mit dem Mädchen und zeigte ihr das Phantombild des Jungen aus dem Moor.

»Könnte das einer deiner Brüder sein?«, fragte sie.

»Ich weiß nicht, vielleicht Andrei? Er müsste jetzt dreizehn sein«, überlegte sie und sah die Kommissarin etwas hilflos an.

»Es ist so lange her und wir waren noch klein«, entschuldigte sie sich.

»Wie alt wäre der andere Bruder heute?«, fragte die Polizistin.

»Petre?« Das Mädchen dachte nach. »Petre müsste jetzt zehn sein.«

Hauptkommissar Doninger schlug einen Geschwistertest vor, eine »STR-Analyse«. Damit könnten sie Klarheit schaffen. Die Familie war einverstanden.

»Du bist ein tapferes Mädchen«, meinte der Kommissar, als sie sich verabschiedeten.

»Und eine super Volleyballspielerin«, ergänzte Simone Mertens.

»Und Sie sind eine tolle Kollegin, Frau Müller-Reichstein!«, lobten beide die Polizistin.

»Ich werde das auch Ihrem Chef klar machen«, versicherte Doninger, bevor sie wieder ins Auto stiegen.

»Wir werden Richard mit dieser Analyse beauftragen, Sie wissen, Dr. Seifert, den Rechtsmediziner«, sagte der Kommissar, als sie wieder auf der Heimfahrt waren.

Auf den Bergen war heute klare Sicht. Der Verkehr auf der Schwarzwaldhochstraße hielt sich in Grenzen. Zum Glück waren keine Ferien und daher weniger Urlauber unterwegs. So kamen sie flott voran.

»An manchen Tagen wird jede Spazierfahrt hier zur Qual«, berichtete Doninger. »Da bummeln manche mit 50 oder 60 km/h durch die Lande. Das hält man im Kopf nicht aus!«

»Zeit, um die Landschaft zu genießen«, stichelte die Kommissarin. »Sehen Sie es doch so!«

»Wenn ich das will, halte ich an, steige aus und guck mir in

Ruhe die Gegend an – und halte nicht den ganzen Verkehr auf!«, polterte Doninger los.

Am Mummelsee steuerte der Kommissar einen der Parkplätze an.

»Direkt mal was frei.« Er freute sich. »Das ist selten so! Darf ich Sie ins Berghotel zu einer Tasse Kaffee einladen?« Schon wieder bestens gelaunt fügte er hinzu: »Die haben wir uns heute verdient, und ein großes Stück Schwarzwälder Kirschtorte auch!«

»Wenn wir anschließend noch einen Spaziergang um den See machen, habe ich nichts dagegen«, meinte Simone Mertens.

»Immer auf die gute Figur bedacht, schöne Frau?«, stichelte nun Doninger.

Als er dann später, wie versprochen, mit der Kollegin rund um den See wanderte, konnte er es sich natürlich nicht verkneifen, wieder einmal den Fremdenführer zu spielen. Inzwischen hatte sich Simone Mertens daran gewöhnt und war eine durchaus dankbare Zuhörerin. So erfuhr sie, dass der Mummelsee einer der sieben Karseen des Schwarzwalds sei und mit 800 m Umfang, 17 m Tiefe und in rund 1000 m Höhe der größte, tiefste und höchstgelegene unter ihnen.

»Es gibt auch eine Sage vom Mummelseekönig und den schönen Nixen«, schloss der Kommissar seine Ausführungen, »aber die erzähle ich Ihnen ein anderes Mal bei einem schönen Glas Spätburgunder.«

Es dämmerte bereits. Höchste Zeit für die Rückfahrt nach Baden-Baden!

15

»Hat der Richard schon was von sich hören lassen?«, war die erste Frage, als Doninger am Morgen ins Büro kam.

Simone Mertens wusste inzwischen natürlich, dass er mit Richard seinen Schulfreund Dr. Seifert meinte, der sich jedes Mal mit Komplimenten überschlug, wenn er die hübsche Kommissarin zu Gesicht bekam. Seine Fantasie kannte da keine Grenzen. Vom »Glanz in meiner Hütte«, von der »leuchtenden Rose im Dornengestrüpp« und ähnlichen Dingen war da die Rede. Karl Mays orientalische Romanfigur Hadschi Halef Omar hätte seine Freude gehabt.

»Nein, die duftende Rose von Stambul hat noch nichts vorliegen«, erwiderte die Angesprochene deshalb mit einem ironischen Lächeln.

Einige Stunden warteten sie gespannt auf die STR-Analyse des Instituts für Rechtsmedizin, um zu erfahren, ob der Knabe im Moor und die Volleyballspielerin aus Freudenstadt Geschwister waren.

»Von DNA habe ich eine Ahnung, aber der Begriff STR-Analyse ist neu«, meinte die Kommissarin. »Wissen Sie da mehr?«

»Ein Experte bin ich auch nicht«, antwortete Doninger, »ich weiß nur so viel, dass STR die Abkürzung von ›Short Tandem Repeats‹ ist, eine besondere Methode der DNA-Analyse, so eine Art Geschwistertest. Wenn Sie das genauer erklärt bekommen wollen, müssen Sie den Richard fragen, der ist Experte auf diesem Gebiet.«

»Vielen Dank!«, wehrte Simone Mertens belustigt ab. »Ihre Erklärung genügt der herrlichsten Blume des Orients völlig!«

Und dann war es so weit! Endlich spuckte das Faxgerät den Bericht des Instituts aus: Alexia und der Knabe im Moor waren Geschwister, es handelte sich tatsächlich um ihren verlorenen Bruder Andrei!

»Die Nadel im Heuhaufen«, rief Doninger erleichtert aus, »wir haben sie!«

»Jetzt müssen wir nur noch den finden, der sie hineingeworfen hat«, stellte die Kommissarin fest.

»Ja, dabei müssen wir wohl auf den Kommissar Zufall hoffen«, sagte Doninger. »Aber ich kenne den Kollegen, der lässt uns nicht im Stich!«

»Glauben Sie?«, fragte Simone Mertens.

In ihrer Stimme klangen leichte Zweifel.

Der Kommissar ließ sich nicht beirren. »Ich glaube nicht nur, ich weiß es!«, erwiderte er.

In den nächsten Tagen wurde mit Nachdruck in Bühl recherchiert. Auf dem Wochenmarkt, bei den Busunternehmen und der zuständigen Polizeidienststelle wurden Erkundigungen eingezogen, um den Hergang des Falles aufgrund der bisher bekannten Sachlage zu rekonstruieren. Vielleicht ließen sich daraus neue Erkenntnisse gewinnen.

Die Zusammenfassung der Untersuchungsergebnisse las sich dann so:

Das spätere Opfer Andrei könnte am 17. März mit anderen Straßenkindern – vermutlich aus einem Kinderheim bei Haguenau – am Markttag auf Betteltour im badischen Bühl gewesen sein. (Aussage: Albert Heger, Beamter des Polizeireviers Bühl)

Es kann angenommen werden, dass ihm zufällig eine zwei Tage alte Zeitung in die Hände kommt. Einige kleinere Händler auf dem Wochenmarkt benutzen u. a. Zeitungen zum Einpacken. (Aussage: Hildegard Joos, Marktfrau)

Auf einem Foto erkennt er seine ältere Schwester Alexia. Indiz: Ein Junge erkundigt sich nach dem Weg nach Freudenstadt. (Aussage: Franziska Meier, Marktfrau)

Gegen Abend besteigt ein Junge am Busbahnhof einen Linienbus zur Schwarzwaldhochstraße. Er steigt an der Haltestelle am Kurhaus Sand aus. Bus fährt weiter nach Herren-

wies und Forbach im Murgtal. (Aussage: Marius Branic, Busfahrer)

Da in Richtung Freudenstadt abends kein Bus mehr fährt, versucht der Junge, auf der Schwarzwaldhochstraße per Anhalter weiterzukommen. (Annahme, keine Zeugen)

Zwischen Hundseck und Unterstmatt wird der Junge von einem Geländewagen angefahren und schwer verletzt. Der Fahrer hält den Jungen für tot, lädt ihn ein und fährt mit ihm auf einen Waldweg in die Nähe des späteren Fundorts. Während der Fahrt erstickt der Junge an Erbrochenem. (Hypothese aufgrund der Verletzungen, der Todesursache und des Fundortes)

Der mutmaßliche Täter (Fahrer des Geländewagens) ist noch nicht gefunden. Er muss sich in der Gegend (Fundort Hochmoor) ausgekannt haben.

Die Überprüfung aller Forstbediensteten, Jagdpächter und Jäger im weiteren Umkreis führte bisher zu keiner Spur.

»Wir haben immerhin das Taschentuch«, meinte der Kommissar bei der nächsten Besprechung und rieb sich das Kinn. »Es wird uns zum Täter führen, da bin ich mir sicher!«

»Ihren Optimusmus möchte ich haben, Doninger«, entgegnete Kriminalrat Schaumann, »aber was wir brauchen, sind Fakten. Hören Sie, Fakten!«

»Auf Sicheres ist gut warten.« Der Kommissar lächelte wie eine Buddhastatue. »Was wir brauchen, ist Geduld!«

»Und Glück!«, ergänzte Simone Mertens.

»Wie war das mit dem Glück und dem Rindvieh?«, lästerte Schaumann.

»Das Glück ist ein Rindvieh und sucht seinesgleichen«, zitierte Melanie Ams das Sprichwort.

»Und Rindviecher gibt's genug, warum nicht auch Glück!«, sagte Doninger. »Wer suchet, der findet!«

»Was suchen wir denn nun? Rindviecher oder Glück?«, wollte Schaumann wissen.

»Den Täter!« Die Kommissarin setzte den Schlusspunkt.

16

Die Doningers hatten es sich ja zur Regel gemacht, privat keine Fälle zu besprechen, mit denen der Hauptkommissar dienstlich beschäftigt war, bevor sie nicht gelöst waren.

Seine Devise »Dienst ist Dienst, und Schnaps ist Schnaps!«, wurde von seiner Frau normalerweise akzeptiert. Aber manchmal fiel es Gabi Doninger nicht leicht, dieses ungeschriebene Gesetz einzuhalten. Dieses Mal ging ihr das Schicksal des Mädchens aus Freudenstadt zu nahe, um sich nicht dazu zu äußern. Die Zeitungen hatten von dem vergeblichen und so tragisch geendeten Versuch ihres Bruders berichtet, sie zu finden.

»Das arme Ding«, meinte Gabi Doninger deshalb eines Abends, »hat einen Bruder gefunden und gleich wieder verloren.«

»Das Schicksal schlägt manchmal gewaltig zu«, stimmte ihr Mann nachdenklich zu. »Aber so ist das Leben eben!«

In seinem Beruf hatte er es oft mit tragischen Fällen zu tun, da hatte er sich eine dickere Haut zulegen müssen als die meisten anderen Menschen.

»Du könntest doch mal nach dem jüngeren Bruder forschen lassen. Vielleicht lebt der noch?«, versuchte Gabi Doninger, ihren Mann aus der Reserve zu locken.

»Vermisstenanzeigen fallen nicht in mein Ressort«, wehrte der Kommissar ab. »Und zudem werden die Adoptiveltern des Mädchens schon alles in dieser Richtung versucht haben.«

»Wer weiß?«, entgegnete seine Frau. »Du hast doch ganz andere Möglichkeiten, oder nicht?«

»Ich pfusche nicht gerne anderen Kollegen ins Handwerk.« Doninger verteidigte sich. »Ich würde da auch empfindlich reagieren.«

Seine Frau gab nicht so leicht auf. Wenn sie sich etwas in den Kopf gesetzt hatte, konnte sie hartnäckig sein.

»Das arme Mädchen«, fing sie wieder an, »hat die Eltern und jetzt auch noch einen Bruder verloren. Und wer weiß, vielleicht den anderen auch schon!«

Doninger seufzte. »Gut, ich werde mal schauen, was ich tun kann«, lenkte er schließlich ein, »du gibst ja sonst doch keine Ruhe!«

»Du bist ein Schatz!«, sagte Gabi Doninger erleichtert und schenkte etwas Wein nach.

Es wurde noch ein harmonischer Abend.

»Petre Romanescu, Alter etwa zehn Jahre. Vor sieben Jahren in einem Kinderheim gelandet. Jetziger Aufenthaltsort unbekannt.«

Der deutsch sprechende Kollege in Bukarest konnte mit Doningers Angaben nichts anfangen.

»Bei uns ist alles noch im Aufbau«, entschuldigte er sich, »wir haben eine Diktatur hinter uns. Da liegt noch vieles im Argen. Manche Leute haben hier nicht einmal Papiere.«

Er versprach aber, weiterzuforschen.

»Sauladen!«, konnte sich Doninger gerade noch verkneifen. Stattdessen wünschte er dem Kollegen viel Erfolg.

»Wird wohl ein frommer Wunsch bleiben«, brummte er vor sich hin, als er den Hörer aufgelegt hatte.

Das Mädchen in Freudenstadt konnte ihm auch nicht weiterhelfen. Sie war acht gewesen, als sie von ihren Brüdern getrennt worden war. Mit zwölf war sie nach Freudenstadt gekommen und adoptiert worden.

Das Kinderheim, in dem die Buben untergebracht waren, gab es nicht mehr. Andrei war bei den Straßenkindern gelandet, wie es aussah. Und Petre?

Falls er das gleiche Schicksal erlitten hatte, konnte man die Nachforschungen vergessen. Vieles sprach dafür. Sonst hätten die Bemühungen von Alexias Adoptiveltern mehr Erfolg gehabt.

Der Kommissar grübelte. Welchen Weg konnte er noch einschlagen? Er musste jedenfalls alles versuchen, was möglich war. Sonst würde seine Frau keine Ruhe geben. Und irgendwie hatte ihn sein Ehrgeiz gepackt.

»Die Hoffnung stirbt zuletzt.« Mit dieser Redewendung, die unlängst der französische Capitaine verwendet hatte, machte er sich nun selber Mut.

»Wenn es nicht bald neue Fakten gibt, müssen wir den Fall vorerst mal zu den Akten legen«, gab Kriminalrat Schaumann bei der nächsten Besprechung bekannt. »Keiner der eingegangenen Hinweise hat uns bisher zum Täter geführt.«

»Und wenn wir noch mal einen Aufruf in den Medien starten?«, fragte Hauptkommissar Doninger.

»Wir sollten es versuchen«, meinte auch Simone Mertens.

»Okay, überredet!«, lenkte Schaumann ein. »Darüber sprechen wir noch. Aber zuerst müssen wir uns mit einem ganz anderen Thema befassen.«

»Ein neuer Fall?«, fragte Doninger.

»Nichts Kriminelles, wenn Sie das meinen«, sagte der Kriminalrat, »aber etwas, das uns alle hier betrifft.«

»Lassen Sie die Katze aus dem Sack!«, forderte ihn der Kommissar auf.

Was sie schließlich zu hören bekamen, betraf die Neuordnung des Polizeiwesens in Baden-Württemberg. Schon seit einigen Wochen geisterten die verschiedensten Vorschläge durch die Medien. Jetzt schien die Sache spruchreif zu werden.

»Der langen Rede kurzer Sinn«, schloss Schaumann seine Ausführungen, »das Kriminalkommissariat in Baden-Baden wird es in Zukunft nicht mehr geben. Die ganze Abteilung wird nach Rastatt verlegt. Das Polizeipräsidium kommt nach Offenburg.«

»Dann steht uns also tatsächlich ein Umzug bevor«, sagte Melanie Ams und dachte bereits an die praktische Umsetzung.

»So schnell schießen die Preußen nicht!«, wiegelte Doninger ab. »Noch sind wir hier. Die müssen in Rastatt erst noch die Räumlichkeiten schaffen.«

Aber insgeheim wurmte es ihn ziemlich, dass die Außenstelle in Baden-Baden verschwinden sollte.

»Und meine schöne Wohnung werde ich wohl schon wieder aufgeben müssen«, seufzte Simone Mertens.

»Oder einen etwas weiteren Anfahrtsweg in Kauf nehmen«, schlug Melanie Ams vor.

»Kommt Zeit, kommt Rat!« Der Kommissar hatte wie immer einen Spruch parat. »Wir werden das Kind schon schaukeln.«

»Diese Tag schlechte Tag!«, maulte der Kommissar vor sich hin, als er am Abend Richtung Heimat fuhr.

Es war der Lieblingsspruch von Miroslaw, dem polnischen Landarbeiter, der in den Erntemonaten auf dem Laufbachhof aushalf. Der Spruch war inzwischen im ganzen Ort bekannt.

»Diese Tag schlechte Tag!«, sagte Doninger noch einmal und sah dabei Miroslaw oder Miro, wie er von allen gerufen wurde, vor sich.

Sein Gesicht hellte sich etwas auf. Der Erntehelfer aus Polen war eigentlich ein lustiger Geselle. Und fleißig dazu! Bauer Alois Rumpf, bei dem er wohnte, war voll des Lobes.

»Was tät ich nur ohne den Miro«, hörte man ihn des Öfteren sagen.

Aber auch Miroslaw glückte nicht immer alles. Und wenn dann auch noch der Bauer schlechte Laune hatte, war der Spruch überfällig.

All das ging dem Kommissar durch den Kopf, als er in den Waldweg zu seinem Haus einbog. Der Tag war heute nicht gerade von Erfolg gekrönt: Keine Fortschritte in den Ermittlungen, und dann musste auch noch der Schaumann mit dieser Polizeireform kommen! Da musste man doch trübsinnig werden! Aber wenn er an den Miro und seine lustigen Sprüche dachte, fühlte er sich schon wieder besser.

»Diese Tag vielleicht doch noch gute Tag?«, fragte er sich und grinste.

Bestimmt erwartete ihn daheim ein leckeres Abendbrot. Vielleicht eine Scheibe Fleischkäse mit gerösteten Zwiebeln und einem Spiegelei? Vielleicht hatte seine Frau sogar frisches Holzofenbrot gebacken? Er würde sich aber auch mit einem Speckvesper zufrieden geben, überlegte er. Egal! Auf jeden Fall freute er sich auf ein kühles Bier!

Jetzt war er sich sicher.

»Diese Tag doch noch gute Tag!«, sprach er, als er auf die Hofeinfahrt zusteuerte.

17

»Heute Morgen hat Frankreich schon nach Ihnen gefragt.« Melanie Ams lächelte bedeutungsvoll, als Hauptkommissar Doninger ins Büro kam.

»So?«, war Doningers knapper Kommentar.

Eigentlich hätte die Sekretärin etwas mehr Euphorie erwartet. Normalerweise reagierte ihr Chef mit dem Ruf »Vive la France!« oder gar dem Absingen der »Marseillaise«, wenn jemand auf sein geliebtes Urlaubsland zu sprechen kam. Die südfranzösischen Weinregionen hatten es ihm angetan. Bei Rotwein in geselliger Runde mache die Verbesserung der Konversation in Französisch noch mehr Spaß, wie er nach dem Urlaub immer erzählte.

Doch heute schien ihm eine Laus über die Leber gelaufen zu sein. Das kurze »So?« und der mürrische Gesichtsausdruck sprachen Bände.

»Ist was?«, fragte Melanie Ams besorgt.

»Das Bier gestern Abend muss schlecht gewesen sein«, brummte Donninger.

Melanie Ams wusste Bescheid. Diese Umschreibung benutzte der Kommissar immer dann, wenn er mal zu tief ins Glas geschaut hatte. An einem gemütlichen Abend konnte das schon einmal vorkommen.

»Das vergeht!«, sagte sie und grinste dabei.

»Was wollte Frankreich von mir?« Damit versuchte der Kommissar, das Thema in eine andere Richtung zu lenken.

Der Bericht seiner Sekretärin ließ ihn nach und nach den leichten Brummschädel vergessen. Der Capitaine de police aus Haguenau, Monsieur Pascal Battistant, hatte angerufen. Der Medienrummel um die rumänischen Straßenkinder und das Treiben einiger Banden vom Elsass aus hatten auch in Frankreich viel Staub aufgewirbelt und einige Behörden aktiv werden lassen.

Dabei war auch dem privaten Trägerverein des Kindererholungsheims nahe Haguenau die Pistole auf die Brust gesetzt worden. In Zukunft musste für behördliche Kontrollen immer eine Liste mit den Namen der Kinder und vor allem auch der ständig wechselnden Betreuungspersonen vorliegen.

Im Zusammenhang mit den Überprüfungen war nach langem Zögern auch zugegeben worden, dass der später im Moor tot aufgefundende Andrei Romanescu zuvor dort im Heim gewesen war. Eine Küchenhilfe konnte sich jetzt an den Knaben erinnern. Möglicherweise war sie von der Leitung der Einrichtung zu dieser Aussage befugt worden, um damit den Willen zur Zusammenarbeit zu unterstreichen.

»So eine Bagage!«, entfuhr es dem Kommissar. »Als wir dort nachgefragt haben, wollte keiner etwas über den Jungen gewusst haben!«

»Die müssen inzwischen ganz schön Druck verspürt haben«, vermutete Melanie Ams.

»Wurde ja auch Zeit«, brummte Doninger. »Die haben uns doch alle viel zu lange verarscht!«

Der Kommissar war sich bewusst, dass die Sache mit den Listen nur ein Tropfen auf dem heißen Stein war. Ob die Namen immer stimmten, wer wollte es in jedem Fall nachweisen? Nach der Aussage des Kollegen in Bukarest hatte dort ja nicht einmal jeder gültige Papiere.

Auch würde es weiterhin schwierig sein, an die Hintermänner der Einbrecherbanden heranzukommen. Die Kinder würden weiterhin nichts verraten, wenn man sie festnahm. Für sie hatte Doninger sogar Verständnis. Was gab es in ihrer Heimat für Alternativen? Keine, jedenfalls keine besseren! Und ihre »Betreuer« wurden wie das Hemd gewechselt, sobald einer ins Visier der Behörden kam.

»Immerhin ist ein Anfang gemacht.« Doningers Sekretärin wollte sich ihre guten Nachrichten nicht von der Laune ihres Chefs schlechtmachen lassen.

»Und die können nicht mehr schalten und walten, wie sie wollen und sich über den Capitaine de police und seine Leute auch noch lustig machen«, fügte der Kommissar dann auch versöhnlich hinzu.

»So ähnlich hat es der Capitaine am Telefon auch gesagt«, meinte Melanie Ams.

»Guter Mann, der Capitaine!«, lobte Doninger. »Ich muss ihn mal zu einem Fläschchen Rotwein einladen.«

»Hoffentlich ist der Wein dann nicht schlecht«, murmelte die Sekretärin.

»Was sagten Sie?«, bellte der Kommissar.

»Ach, nichts von Bedeutung«, bekam er zu hören, »ich führe Selbstgespräche.«

»Passen Sie nur auf, dass das nicht chronisch wird!«, sagte Doninger und rauschte aus dem Zimmer.

Kriminalrat Schaumann war wie elektrisiert. Seit die Sache mit der Polizeireform spruchreif war, schien ihn eine Hyperaktivität befallen zu haben.

»Jetzt nicht! Ich habe gerade viel zu viel zu tun!«, blockte er ab, wenn jemand mit einem Anliegen zu ihm kam.

»Ja, warum sagt mir das keiner?«, schalt er auf der anderen Seite, wenn er sich übergangen fühlte.

Keiner im Amt wusste mehr so recht, wie er sich dem Chef gegenüber verhalten sollte. Es lag so eine Art Schizophrenie in der Luft. Wollte man was sagen, war es gerade ungeschickt. Sagte man nichts, war es bestimmt auch falsch.

Nur Doninger scherte sich nicht um die plötzlichen Launen des Kriminalrats. Er kannte ihn genau. Immer wenn es um Veränderungen ging, die auch bestimmte Personalfragen betrafen, legte er diese Hektik an den Tag. Das war dieses Mal nicht anders.

Wer sollte die Leitung des erweiterten Kriminalkommissariats in Rastatt übernehmen? Diese Frage trieb Schaumann um. Würde man im Präsidium an ihn denken? Wie standen seine Chancen? Er musste sich nachhaltig in Erinnerung bringen. Das stand für ihn fest. Und was war die beste Empfehlung? Natürlich eine erfolgreiche Arbeit seiner Leute in Baden-Baden!

Deshalb wollte er nun Doninger sprechen. Der Kommissar hatte den Braten gleich gerochen. Er kannte seine Pappenheimer.

»Wir müssen den Fall lösen, Doninger, je eher, desto besser!«, kam der Kriminalrat gleich zur Sache. Dass er noch vor kurzem den Fall zu den Akten legen wollte, schien er plötzlich vergessen zu haben.

Über das »Wir« musste der Angesprochene innerlich grinsen. Er wusste genau, wer gemeint war. Der Chef wollte gut dastehen, wenn es um den Posten in Rastatt gehen würde.

»Wir sind auf einem guten Weg.« Mit dieser Floskel versuchte Doninger, den Chef bei Laune zu halten. »Wir haben gute Nachrichten aus Haguenau und Kontakt mit den Kollegen in Bukarest.«

Zusammenarbeit mit ausländischen Behörden kam bei den Oberen immer gut an. Das wusste der Kommissar. Und er berichtete von den Aktivitäten, in die Kollegen aus den genannten Städten involviert waren.

»Der Knabe im Moor ist eindeutig identifiziert«, resümierte Doninger. »Wir haben seine Schwester gefunden und sind auch seinem Bruder auf der Spur.«

»Gut! Das kommt auch bei der Presse gut an!« Schaumann freute sich. »Wenn wir jetzt noch den Fahrer finden, der den Knaben ins Moor befördert hat, sind wir die Größten!«

Wieder musste Doninger über das »Wir« schmunzeln. Aber er konnte es dem Kriminalrat nachfühlen. Wenn man wie er auf Posten aus war, war man zum Erfolg verdammt. So karrieregeil war er zum Glück nicht. In Baden-Baden war er Hauptkommissar, in Rastatt würde sich das nicht ändern. Er war mit seiner Rolle zufrieden. Ambitionen auf den Posten Schaumanns oder gar noch höher hinaus waren ihm fremd. Er beneidete keinen dieser armen »Sesselfurzer«, wie er sie manchmal bei sich nannte. Seine Stärken lagen in der Ermittlungsarbeit. Im Büro war er nur, wenn es nicht anders ging.

»Wir finden ihn, es ist nur eine Frage der Zeit!«, versprach er seinem Chef.

»Je eher, desto besser!«, wiederholte der noch einmal. »Ich zähle auf Sie, Doninger!«

»Morgen starten wir zum Endspurt«, sagte der Kommissar und erhob sich.

Mit dem »Wir« meinte er auch Simone Mertens, die heute einen freien Tag hatte. Sie war nach Frankfurt gefahren, wo ihre Oma den achtzigsten Geburtstag feierte.

»Da muss ich hin, ich bin ihre Lieblingsenkelin«, hatte die Kommissarin gesagt. Lachend hatte sie dann hinzugefügt: »Ich bin nämlich die einzige.«

Und als sie den ungläubigen Blick im Gesicht von Melanie Ams bemerkte, schob sie nach: »Aber es gibt noch acht männliche Exemplare!«

18

Die Pressekonferenz über die bisherigen Ermittlungsergebnisse im Fall des Moorknaben fand ein ungeahntes Echo. Kriminalrat Schaumann strahlte wie selten, als er den überfüllten Saal betrat. Man sah ihm förmlich an, wie er das Blitzlichtgewitter der Reporter genoss. Heute wimmelte es geradezu von überregionalen Medienvertretern. Der Fall des Moorknaben und seine Hintergründe schienen eine magische Anziehungskraft zu erzeugen. Besonders das Schicksal der Schwester, die in Freudenstadt bei Adoptiveltern lebte und eine begnadete Volleyballspielerin war, hatte das Interesse der Medien aufs Neue geweckt. Dazu kam noch die eingeleitete Suche nach dem verschollenen Bruder in Rumänien.

Schaumann war heute in der Form seines Lebens und nutzte die Gunst der Stunde bemerkenswert souverän. Doninger war beeindruckt.

»Was so ein verlockender Posten alles bewirken kann«, dachte er bei sich.

Insgeheim hoffte er, dass er durch den Medienrummel den entscheidenden Hinweis erhalten würde, der ihm hinsichtlich des Fahrers immer noch fehlte. Irgendjemand müsste doch etwas aufgefallen sein. Irgendeine Beobachtung, die zunächst unbedeutend erschien, im Zusammenhang mit der Geschichte rund um die Moorleiche aber eine Rolle spielen könnte. Vielleicht würde sich aufgrund der Berichterstattung auch das Gewissen des Geländewagenfahrers regen? Wer weiß? Man musste jetzt abwarten. Sich in Geduld zu üben, hatte Doninger im Lauf der Jahre gelernt.

»Ruhig Blut und warme Unterhosen«, murmelte er vor sich hin.

Bereits am nächsten Morgen stapelten sich im Kommissariat die Zeitungen mit den Berichten über die Pressekonferenz und mit Storys, die das Schicksal der betroffenen Kinder in den Mittelpunkt stellten. Das hübsche Gesicht des Mädchens aus Freudenstadt war sogar in den überregionalen Zeitungen zu sehen. Die Moorleiche wurde nur noch am Rande erwähnt. Wichtiger schien den Journalisten die Frage nach dem Aufenthaltsort des jüngsten Bruders zu sein.

»Wie ich die Kameraden kenne, werden schon einige in Rumänien gelandet sein, um sich auf die Suche zu machen«, bemerkte Doninger.

»Wer weiß, vielleicht haben sie Glück und finden eine Spur«, sagte Melanie Ams.

»Dann hätte Alexia wenigstens den jüngsten Bruder wieder.« Simone Mertens seufzte. »Hoffentlich verkraftet sie den plötzlichen Rummel um sie!«

»Darüber mache ich mir auch Gedanken«, meinte der Kommissar zustimmend. »Aber ich denke, dass sie das schafft. Alexia ist ein tapferes Mädchen!«

»Vielleicht sollte sich eine Psychologin ein Bild von ihrem Seelenzustand machen, damit da nichts schiefläuft«, schlug Simone Mertens vor. »Und sie sollte das Gespräch mit ihren Adoptiveltern suchen und ihnen Hilfe anbieten, falls nötig.«

»Ich werde mit Schaumann sprechen«, versprach Doninger und machte sich gleich auf den Weg.

»Passen Sie auf, dass er nicht die Kiesewetter schickt«, rief Melanie Ams ihm nach, »sonst ist es aus mit dem Volleyballspielen!«

»Nichts gegen die Kiesewetter!«, kam da überraschend von Simone Mertens. »Die ist schon in Ordnung, nur ihre Pranken …«

»Die könnten eine zarte Hand zerquetschen«, ergänzte die Sekretärin.

»Wie wahr, wie wahr!« Die Kommissarin nickte. Sie blickte auf ihre rechte Hand und meinte, einen dumpfen Schmerz zu verspüren.

Hauptkommissar Doninger hatte die Kameraden von der schreibenden Zunft richtig eingeschätzt. Wie ein wilder

Bienenschwarm waren sie in Rumänien eingefallen und hatten in manchen Amtsstuben für aufgeregtes Summen gesorgt.

Der Name Petre Romanescu schwirrte bald in sämtlichen Köpfen der Beamten und Angestellten herum und ließ die PCs und Telefondrähte heiß laufen.

»Da haben wir eine Lawine losgetreten«, stellte Doninger fest, als er den Hörer auflegte.

Soeben hatte ihn sein Kollege Victor Niculescu aus Bukarest angerufen, mit dem er vor ein paar Tagen gesprochen hatte.

»Da kann man wieder einmal sehen, wie sich manches Hinterteil plötzlich bewegt, wenn die Presse hinterher ist«, sagte der Kommissar.

»Es heißt nicht umsonst ›Feuer unterm Hintern machen‹, oder?«, meinte Melanie Ams.

»Und meistens geht's dann schneller als auf dem Dienstweg«, stimmte ihr die Kommissarin zu.

Trotzdem gestaltete sich die Suche nach dem verschwundenen Jungen schwieriger, als sich mancher Reporter vorgestellt hatte. Einen Sturm zu entfachen und damit Blätter aufzuwirbeln, die man dann nur noch aufzusammeln brauchte, das funktionierte vielleicht in Deutschland, aber nicht unbedingt in Rumänien. Wo es keine Blätter gab, waren auch keine aufzuwirbeln! Wie Doningers Gesprächspartner in Bukarest schon angedeutet hatte, gab es weder vollständige Listen mit den Namen der Kinder in den diversen Heimen noch hatte jedes Kind einen Ausweis. Und was die Straßenkinder anbelangte, war nicht einmal deren ungefähre Zahl sicher.

Doch die Reporter waren erfinderisch. Sie waren eben nicht an den Dienstweg gebunden, wie die Kommissarin richtig vermutet hatte. Schließlich gab es auch in Rumänien eine Presse, Kolleginnen und Kollegen, an die sie sich wenden konnten!

Bereits am nächsten Morgen erschienen in allen rumänischen Zeitungen Berichte über die Suche nach dem zehnjährigen Jungen Petre. Auch die in Bukarest erscheinende »Allgemeine Deutsche Zeitung für Rumänien« veröffentlichte den Artikel. Es war nicht viel, was man über den Gesuchten und seine Geschwister mitteilen konnte. Aber vielleicht würde jemand seine Schwester erkennen, deren Bild ebenfalls abgedruckt war.

Jede Redaktion hatte nun die große Hoffnung, dass der entscheidende Hinweis bei ihr landen würde. Das würde die Auflage sprunghaft in die Höhe treiben. Man stand wenigstens für ein paar Tage im Rampenlicht der internationalen Presseagenturen.

Und dann ging es Schlag auf Schlag. Schon wenige Stunden später meldete das Büro der Deutschen Presse-Agentur in Bukarest, dass in einem Kinderheim der Stadt Slatina ein Junge von zwei Reportern aufgestöbert worden sei, auf den die Beschreibung zutreffen könnte. Vorname und Alter stimmten, nur der Familienname Romanescu konnte nicht bestätigt werden. Das lag aber laut dpa-Meldung daran, dass der Junge keine Papiere bei sich hatte, als er nach einer langen Odyssee in diesem Heim gelandet war. Jedenfalls stimmte die Geschichte des Buben weithin mit den Angaben in den Zeitungsartikeln überein.

»Das ist doch nicht zu fassen!«, sagte Kommissar Doninger und schüttelte den Kopf. »Wenn irgendwo eine Sensation lauert, sind die Reporter wahre Spürhunde.«

»In diesem Fall zum Glück!«, ergänzte Simone Mertens.

Das Telefon läutete.

»Für Sie, Chef!«, rief Melanie Ams. »Ein Anruf aus Bukarest.«

Der Kollege Niculescu war am Apparat. »Sie haben es sicher schon im dpa-Liveticker gelesen, das mit dem Jungen«, sagte er, »vielleicht ist er es tatsächlich.«

»Das lässt sich überprüfen«, meinte Doninger. »Wir haben ja die DNA-Analyseergebnisse der Geschwister. Unser Rechtsmediziner Dr. Seifert wird sich wegen eines Abgleichs mit Ihnen in Verbindung setzen. Hatten Sie schon mit dem Kinderheim Kontakt?«

»Ja, ich habe mit Natalia Adamescu telefoniert, sie ist die Leiterin der Einrichtung«, erklärte der Bukarester Kollege. »Ich kann Ihnen ihre Nummer geben.«

Doninger notierte sich die Angaben und bedankte sich für die gute Zusammenarbeit, bevor er auflegte.

»Jetzt könnte der Schaumann einen Champagner spendieren«, fand Melanie Ams. »Was für ein Tag!«

»Noch ist es zu früh, die Korken knallen zu lassen«, stellte die Kommissarin fest.

»Aber einen Schluck Wein werde ich mir heute Abend gönnen«, sagte Doninger nachdrücklich, »und ein Glas vom heimischen ›Alde Gott‹ ist mir sowieso lieber!«

»Von dieser Marke gibt's auch einen Sekt, oder nicht?«, wollte Simone Mertens wissen.

»Und ob!«, bestätigte Melanie Ams.

»Den stifte ich zur Feier des Tages«, verkündete der Kommissar.

»Juhu!«, riefen die beiden Frauen fast gleichzeitig, »der Abend ist gerettet!«

»Diese Tag gute Tag!«, summte Doninger vergnügt vor sich hin, als er an der Wallfahrtskirche »Maria Linden« vorbei ins Laufbachtal einbog. Heute hatte er eine gute Nachricht dabei. Seine Frau würde Augen machen!

Klar! Es war noch nicht ganz erwiesen, dass es sich bei dem Knaben hundertprozentig um den gesuchten Jungen handelte. Aber der Kommissar spürte instinktiv, dass der DNA-Abgleich die Gewissheit bringen würde, dass sie Petre gefunden hatten. Er war sich sicher, dass die beiden Reporter ganze Arbeit geleistet hatten.

»Diese Tag gute Tag!«, wiederholte er.

Doch dieses Mal dachte er an den Schoppen Wein, der ihn erwartete.

19

»Ja, waren da heute Nacht die Heinzelmännchen aus Köln am Werk?«, entfuhr es dem Kommissar, als er am anderen Morgen das Büro betrat.

»Das nicht gerade, aber zwei Heinzelfrauen aus Baden-Baden«, gab Melanie Ams zurück und lachte.

»Wir wollten uns für den guten Sekt bedanken und Sie damit überraschen«, ergänzte Simone Mertens.

»Das ist Ihnen auch gelungen, ich bin beeindruckt!«, lobte Doninger.

Die beiden Mitarbeiterinnen waren fleißig gewesen und hatten an einer Pinnwand alle Informationen angeheftet, die sie über die rumänische Stadt Slatina im Internet finden konnten. Auch eine Karte war dabei.

Der Kommissar hatte die Gewohnheit, Informationen, die er sich merken wollte, laut zu lesen. Das tat er auch heute:

Slatina – rumänische Stadt in der großen Walachei – circa 70 000 Einwohner – Name vom slawischen Wort »Slam tina« = salziges Land – deutscher Name: Zelatna – Kreishauptstadt des Kreises Olt – liegt am Fluss Olt (deutscher Name: Alt) – linker Nebenfluss der Donau, Länge 615 km – entspringt in den Ostkarpaten – fließt durch Siebenbürgen und die Walachei, hat 24 Staustufen – zwei Stauseen bei Slatina zur Stromgewinnung.

Beim Lesen fuhr der Kommissar immer wieder mit dem Zeigefinger über die Karte und machte sich so ortskundig, wie er es ausdrückte.

»Tolle Arbeit!«, lobte er noch einmal und setzte sich an den Schreibtisch. »Übrigens, wissen Sie, dass Slatina der Geburtsort von Eugène Ionesco ist?«, fragte er dann ganz beiläufig.

»Muss man den kennen?«, wollte Frau Ams wissen.

»Ist das nicht der, von dem *Die Nashörner* stammen?«, fragte fast gleichzeitig Simone Mertens.

»Bingo!«, rief Doninger, »Schauspiel in drei Akten.«

»Also nicht die Nashörner im Karlsruher Zoo«, feixte die Sekretärin.

»Nee, da müssen Sie schon ins Theater gehen!«, meinte der Kommissar. »Aber der Witz ist gut!«

»1909 in Slatina geboren, 1994 in Paris gestorben, französisch-rumänischer Autor«, las die Kommissarin vor. »Ich hab gerade im Internet nachgeschaut.«

»Bildung hat noch keinem geschadet«, kommentierte Doninger. »Das war der Lieblingsspruch meines Deutschlehrers Amadeus Reith.«

»Einbildung ist auch eine Bildung, hat meine Mutter immer gesagt«, warf Melanie Ams ein und grinste.

»Themawechsel! Die Arbeit wartet!« Damit schloss Doninger dieses Kapitel ab.

Heute wollte er mit der Leiterin des Kinderheims telefonieren. Er hatte extra gewartet, bis sich der erste Rummel gelegt hatte. Bestimmt waren dort gestern die Drähte heiß gelaufen! Wenn die Presse eine Spur witterte, war die Lawine nicht mehr aufzuhalten. Das hatte Doninger schon oft erlebt.

»Natalia Adamescu, ein hübscher Name«, summte er vor sich hin, als er die Nummer wählte.

Die Leiterin des Kinderheims sprach zwar nicht fließend Deutsch, aber sie hatte immerhin so gute Sprachkenntnisse, dass der Kommissar das Wichtigste über den gesuchten Jungen in Erfahrung bringen konnte.

Er hieß Petre, war zehn Jahre alt und konnte sich an einen Bruder und eine Schwester erinnern, die beide älter waren als er. Allerdings wusste er nicht viel über sie, da er noch sehr klein war, als er von ihnen getrennt wurde.

Der Junge hatte eine schlimme Odyssee hinter sich, war in verschiedenen Heimen untergebracht worden und immer mal wieder als Straßenkind unterwegs, wenn eines davon mangels Geld geschlossen wurde. Vor knapp einem Jahr war er im Kinderheim in Slatina gelandet.

»Konnte er sich an die Namen seiner Geschwister erinnern?«, wollte der Kommissar wissen.

»Nix gleich, aber dann so wie Sie sagen, als lange überlegt hat«, kam die Antwort.

»Und wie sind die beiden Reporter auf den Jungen gestoßen?«, fragte Doninger.

»Ah, Nachbarin aus Dorf bei Stadt Brasov in Zeitung Artikel gelesen, sich an Familie erinnert. Dann bei Zeitung angerufen. Dann Zeitung alle Kinderheime gefragt«, erklärte Natalia Adamescu.

»Und dabei die Nadel im Heuhaufen gefunden«, ergänzte der Kommissar.

»Was gefunden?«, bekam er zu hören.

»Nur so eine deutsche Redewendung«, meinte Doninger, »nichts von Bedeutung!«

Ihm war doch noch eingefallen, dass seine Gesprächspartnerin nicht unbedingt alle deutschen Redensarten beherrschte.

»Was mit Petre jetzt werden?«, war ihre Frage.

»Wenn genau feststeht, dass er der Bruder von Alexia ist, möchte ihn ihre neue Familie ebenfalls adoptieren«, verriet der Kommissar.

Das hatten Alexias Adoptiveltern mitgeteilt, als sie von den Ereignissen in Rumänien erfahren hatten.

»Oh, das viel Glück für Petre, ich hoffe, ich wünsche!«, meinte die Heimleiterin und atmete dabei laut hörbar aus.

»Wir melden uns wieder.« Damit beendete der Kommissar das Gespräch, nachdem er sich noch ausdrücklich bei Natalia Adamescu bedankt hatte.

»Hoffentlich dann mit guten Nachrichten«, fügte Melanie Ams an, die dem Gespräch gespannt gelauscht hatte. »Ich wünsche es dem Jungen nach allem, was er bisher durchgemacht hat.«

»Ja, seine Kindheit war mehr als bescheiden«, seufzte auch Simone Mertens.

»Beschissen, würde ich sagen!«, schnaubte Doninger. »Aber es gibt einen Silberstreif am Horizont.«

»Ein Stück blauer Himmel«, sinnierte die Sekretärin laut. »So hieß es in einem Roman, den ich mal gelesen habe.«

»Sieh an, unsere Ams entwickelt literarische Fähigkeiten!«, staunte der Kommissar.

Den Zusatz »auf ihre alten Tage« ließ er vorsichtshalber weg. Er wusste, das hörten Frauen nicht so gern. Und so alt war die Ams ja auch gar nicht, das musste er zugeben.

20

»Das ist jetzt kein Fall mehr für uns«, stellte Kriminalrat Schaumann fest und meinte damit die weitere Entwicklung in der Angelegenheit mit dem Jungen in Slatina.

»Ist klar, damit müssen sich nun andere Behörden befassen«, pflichtete ihm Hauptkommissar Doninger bei. »Aber interessieren tut's mich schon, wie es weitergeht.«

»Und ob! Schließlich haben wir die Sache ins Rollen gebracht!«, behauptete Schaumann. »Diesen Lorbeerkranz lassen wir uns nicht nehmen!«

Insgeheim musste der Kommissar ein wenig grinsen. Hatte der »Alte« da nicht gerade von »Wir« gesprochen? Aber wenn ihn das bei Laune hielt, warum nicht? Doninger war da nicht kleinlich. Er wusste, dass der Kriminalrat zurzeit Punkte sammelte, um den Posten als Leiter der Kripo in Rastatt zu bekommen.

»Was uns aber bleibt, ist die Sache mit der Moorleiche und dem unbekannten Fahrer«, sagte der Kriminalrat, »ist da noch was am Laufen?«

»Ja, sogar ein Dauerläufer!«, rief der Kommissar unternehmungslustig aus, um dann kleinlaut anzufügen: »Nur das Ziel ist noch ungewiss!«

»Also, peilen Sie es an, Doninger, ich baue auf Sie!«, meinte Schaumann und klopfte dem Kommissar aufmunternd auf die Schulter. »Ich baue auf Sie!«, wiederholte er dabei.

Das war ja fast ein Ritterschlag, dachte Doninger, als er auf dem Weg zu seinem Büro war. Ein Schulterklopfen von seinem Vorgesetzten, das kam nicht alle Tage vor.

»Was so ein verlockender Posten wie der in Rastatt bei einem Menschen wie Schaumann auslöst«, dachte er wieder, und plötzlich war ihm zum Singen zumute.

»*Wer nur den lieben Gott lässt walten und hoffet auf ihn allezeit …*«, posaunte er und betrat das Büro mit dem Vers: »… *Wer Gott dem Allerhöchsten traut, der hat auf keinen Sand gebaut.*«

»Hallo, Chef, üben Sie für den nächsten Kirchentag?«, fragte Melanie Ams belustigt.

»Nee, aber der Schaumann baut auf mich, und wenn er den Posten in Rastatt kriegt, gibt es einen glücklichen Menschen mehr in Gottes weiter Welt«, erklärte der Kommissar. »Und warum sollte er nicht glücklich werden?«

»Wäre das nicht auch ein Posten für Sie?«, meinte Simone Mertens.

»Spekulieren Sie vielleicht auf meinen Posten als Hauptkommissar?«, sagte Doninger statt einer Antwort und grinste vielsagend.

»Ach was!« Die Kommissarin winkte ab. »Ich dachte nur, Sie wären auch mal an der Reihe.«

»Genau!«, stimmte Melanie Ams ihr zu.

»Das fehlte noch«, grummelte der Kommissar, »Robert Doninger als Sesselfurzer! Ich ginge da ein wie eine Primel! Lasst das nur mal den Schaumann machen, der hat sich schon an den Aktenstaub gewöhnt.«

»Apropos ›auf Sie bauen‹, hat er einen neuen Fall für uns?«, fragte Simone Mertens.

»Das nicht, aber wir haben ja den alten noch gar nicht abgeschlossen. Wir wissen immer noch nicht, wer den Knaben aus dem Leben und ins Moor befördert hat«, schnaufte Doninger.

»Ob wir den jemals erwischen?« Melanie Ams hatte ihre Zweifel.

»Jedenfalls werden wir alles dafür tun!«, sagte die Kommissarin entschlossen.

»Aber heute nicht mehr«, bestimmte Hauptkommissar Doninger freundlich. »Heute habe ich genug vom ganzen Bürokram. Wird Zeit, dass wir mal rauskommen. Und da kein neuer Fall vorliegt, feiern wir ein bisschen. Wie wär's, meine Damen? Meine Frau kocht heute Sauerbraten mit Kartoffelklößen, mein Leibgericht. Und sie würde sich freuen, wenn Sie mitkommen würden.«

»Das hört sich gut an.« Die Kommissarin nickte zustimmend.

»Kommt der Schaumann auch?«, fragte Frau Ams.

»Er kann leider nicht, er hat einen Termin in Rastatt«, antwortete Doninger, »aber der Richard kommt.«

»Um wieder von den Blumen des Orients zu schwärmen«, feixte Simone Mertens.

»Da habe ich meine Zweifel«, erwiderte der Kommissar. »Wenn der Richard einen badischen Sauerbraten riecht, vergisst er alle anderen Düfte!«

»Das hätte ich nie im Leben gefunden«, rief Simone Mertens, als sie aus dem Wagen stieg, »aber das Haus liegt herrlich!«

Dr. Seifert hatte die beiden Frauen in seinem Auto mitgenommen. Er kannte den Weg, denn er war nicht zum ersten Mal hier. Auch Melanie Ams hätte ihn gefunden. Ihre Oma wohnte in Lauf und deshalb war sie schon als Kind öfters in der Gegend. Doch für eine Ortsunkundige wie Simone Mertens wäre es tatsächlich schwierig gewesen, auf Anhieb zu Doningers Anwesen zu gelangen. Nicht einmal das Navi war da eine große Hilfe. Die Eingabe der Straße und der Hausnummer brachte nichts, denn die Straße verlief weit unterhalb und hatte keine Zufahrt zu Doningers Haus. Man musste über den Schlossberg fahren und dem Schild »Zum Grimmes« folgen, dann hatte man eine Chance.

»Aber die Odyssee hierher lohnt sich!«, meinte die Kommissarin, als sie von der großen Terrasse hinunter in die Rheinebene blickte.

»Bei guter Sicht können Sie links den Turm des Straßburger Münsters sehen«, erklärte der Hausherr, »rechts liegt der ›Baden Airpark‹, dort, wo gerade die Maschine landet. Früher war da der kanadische Militärflugplatz. Und geradeaus liegen die Vogesen, ›Les Vosges‹, wie die Franzosen sagen.«

»Jetzt kann ich verstehen, dass Sie öfter mal ›Vive la France‹ rufen und die *Marseillaise* singen, wo Sie Frankreich doch Tag und Nacht vor Augen haben«, sagte Simone Mertens.

»Kommen Sie!«, rief Doninger, »sonst frisst uns der Richard den Braten weg, bevor wir auch nur einen Bissen davon gekostet haben.«

Er ahnte, dass sein Freund bereits in der Küche Komplimente verteilte und sich dabei kräftig als Vorkoster betätigte. Melanie Ams war da eine größere Hilfe für die Hausfrau. Sie hatte angeboten, den Tisch zu decken, was Gabi Doninger gerne angenommen hatte. Drei Gäste mehr am Tisch, das kam nicht alle Tage vor. Aber Stress machte ihr das nicht. Bei vier Kindern war sie das Kochen mit großen Töpfen und Pfannen gewohnt. Und jetzt, wo die Kinder außer Haus waren, hatte sie es beibehalten, für eventuelle Gäste gleich mitzukochen. Man konnte ja nie wissen, wer plötzlich hereinschneite. Die Doningers hatten schon immer ein gastliches Haus. Wenn die Kinder zu Besuch waren, freuten sie sich riesig, ein paar fertige Gerichte aus der Gefriertruhe mitnehmen zu können: Gulasch, Rouladen, Sauerbraten, niemand kochte all das so gut wie Mama!

»Hat der Richard noch was übrig gelassen?«, fragte Doninger grinsend, als seine Frau das Essen servierte.

»Bist du jemals schon hungrig vom Tisch gegangen?« Seine Frau ließ sich nicht aus der Ruhe bringen.

»Das duftet ja herrlich!«, rief die Kommissarin.

»Und wie es erst schmeckt, hm, köstlich!«, schwärmte Dr. Seifert. Er musste es ja wissen.

»Halt! Halt! So viel schaffe ich nicht!«, wehrte Simone Mertens ab, als die Hausfrau ihren Teller großzügig füllte.

»Heute ist Fasten fehl am Platz!«, meinte Melanie Ams. »So eine leckere Mahlzeit gibt's nicht alle Tage.«

»Der Braten ist wirklich köstlich, und die Soße erst, himmlisch!«, sagte die Kommissarin, nachdem sie gekostet hatte. »Ein geheimes Rezept?«

»Nein, das können Sie haben, es stammt von meiner Schwiegermutter«, erwiderte Gabi Doninger. »Statt der Klöße können Sie dazu auch breite Nudeln servieren, das passt genauso vorzüglich.«

»Ja, aber die Kartoffelklöße sind genial! So exzellente habe ich noch nie gegessen.« Simone Mertens Begeisterung kannte keine Grenzen. »Kann ich das Rezept auch haben?«

»Wenn's weiter nichts ist, das ist auch ein Rezept meiner Schwiegermutter.«

»Ein Prost auf die Schwiegermütter!«, gluckste Dr. Seifert und verschluckte sich beinahe.

»Und auf ihre Schwiegertöchter, die ebenso gut kochen können!«, ergänzte der Kommissar.

»Wie ist denn das im Winter, wenn hier Schnee liegt, kommen Sie da überhaupt den Berg hoch?« Die Frage fiel Simone Mertens erst ein, als sie später wieder ins Auto einstieg.

»Ja, meistens«, erklärte Doninger, »der Schneepflug fährt bis vors Haus. In der Nacht ist es schwieriger, da waren wir tatsächlich schon ein paarmal eingeschneit, aber zum Glück schneit es hier nicht so oft.«

»Einmal musste ich den Wagen stehen lassen und ein Taxi rufen«, erzählte Dr. Seifert. »Das hat unten an der Straße gewartet und ich bin die Wiese hinuntergerutscht. Aber der Abend bei Doningers war die Mühe wert!«

»Das denke ich aber auch!« Der Kommissar drohte seinem Freund scherzhaft mit dem erhobenen Zeigefinger. »Für einen vollen Bauch mit Pute, Rotkraut und Keschde kann man so eine kleine Rutschpartie schon in Kauf nehmen.«

»Keschde, das sind Esskastanien, die im Wald hier ringsum wachsen«, erklärte Melanie Ams ihrer Kollegin. »Haben Sie die schon mal gegessen?«

»Nicht, dass ich wüsste«, gab die Angesprochene ein wenig verlegen zu.

»Die gibt's das nächste Mal«, versprach der Kommissar.

»Eine tolle Truppe hast du da beisammen«, sagte Gabi Doninger, als der Wagen im Wald verschwunden war, »auch die Neue ist in Ordnung!«

»Aber du bist die Allerbeste!«, erwiderte ihr Mann und nahm sie in den Arm.

21

Hauptkommissar Doninger wohnte zwar ziemlich abgelegen und von einem Kastanienwald umgeben in einem umgebauten Bauernhaus auf einer Anhöhe des Laufbachtals, aber mittels einer Telefonleitung samt Internetanschluss war er trotzdem mit der großen weiten Welt verbunden.

Mit dem Telefon war der Kommissar aufgewachsen, ans Internet hatte er sich mit der Zeit gewöhnt, vor allem beruflich bedingt, aber mit dem Handy hatte er nach wie vor seine Probleme. Das lag nicht an der Technik und dem Umgang mit dieser neuen Errungenschaft, sondern am Gefühl, immer und überall erreichbar zu sein, sobald dieses Gerät eingeschaltet war. Er musste sich aber wohl oder übel damit abfinden, dass es jederzeit »hupen« konnte, wie er es scherzhaft nannte. Kriminelle halten sich nun mal nicht an Bürostunden.

An diesem Morgen wollte Doninger ausschlafen, mit seiner Frau ausgiebig frühstücken und später ins Büro fahren. Er hatte nichts Dringendes auf dem Schreibtisch. Und ausgerechnet jetzt hupte das verdammte Handy.

»Doninger!«, bellte er hinein, sodass dem Anrufer das Trommelfell vibrierte.

Es war der Kriminalrat persönlich, der ihm den Morgen verdarb. Da halfen auch alle Entschuldigungsversuche von wegen »tut mir leid« nichts.

»Die Kollegen vom Revier in Bühl brauchen Sie«, erklärte Schaumann, »auf Hundseck wurde ein Jäger tot aufgefunden. Man ging zunächst von einem Unfall aus. Aber es gibt da ein paar Ungereimtheiten, weshalb man ein Verbrechen nicht ausschließen kann. Sie kennen sich doch in der Gegend aus. Fahren Sie mal hin! Einer der Polizisten vom Revier erwartet Sie an der Stelle, wo bis vor kurzem das Kurhaus stand.«

»Hat nicht sollen sein!«, brummte der Kommissar, als er sich von seiner Frau verabschiedete. »Vielleicht gelingt der nächste Versuch.«

Gabi Doninger lächelte nur. Sie war derartige Überraschungen nach all den gemeinsamen Jahren inzwischen gewohnt.

»Zur Abwechslung mal wieder eine Leiche zum Frühstück«, murmelte der Kommissar vor sich hin, als er den steilen Weg zum Grimmes hinauffuhr. Heute wollte er den schmalen Weg durch die Weinberge nehmen. Rechts und links standen die Rebstöcke, die Jahr für Jahr einen guten Tropfen reifen ließen. Riesling und Spätburgunder waren die Hauptsorten, die hier prächtig gediehen. Die Großeltern hatten noch einen Weinberg gehabt, und als kleiner Bub hatte er bei der Weinlese immer geholfen, beim »Herbschten«, wie die Leute hier sagen. Doninger hätte zu gern die Augen schweifen lassen, aber der schmale Weg erforderte seine ganze Aufmerksamkeit. Hinter jeder Kurve konnte ein Fahrzeug auftauchen und dann kam jedes Bremsmanöver zu spät.

Am Bischenberg bog er in die Straße ein, die vom Rheintal über Sasbachwalden hinauf zur Schwarzwaldhochstraße führte. Auch sie hatte ein wahnsinniges Gefälle, das vor Jahren einem britischen Reisebus zum Verhängnis wurde. Die Bremsen hatten versagt, der Bus raste in den Abgrund und viele Tote und Verletzte waren zu beklagen. Als Konsequenz daraus hatte man eine Notfallspur mit einem Kiesbett als Bremsweg gebaut. Doninger musste jedes Mal an das Unglück denken, wenn er die Stelle passierte. Oben an der Höhenstraße bog er links ab in Richtung Unterstmatt. Dann ging es weiter nach Hundseck. Der Kommissar dachte an den rumänischen Jungen, dessen Fall immer noch nicht geklärt war, den Knaben im Moor. Hier irgendwo musste er von einem Auto erfasst worden sein. Und heute wartete wieder eine Leiche auf ihn.

Doch zunächst war es eine Kollegin vom Polizeirevier Bühl, die ihn am Parkplatz beim ehemaligen Kurhaus Hundseck erwartete. Doninger erkannte sie sofort und konnte sich ein Grinsen nicht verkneifen. Es war die Polizistin, mit der er auf dem Bühler Wochenmarkt eine Wurst gegessen hatte. Der Kommissar versuchte, sich an ihren Namen zu erinnern. Er hatte ein unheimlich gutes Zahlengedächtnis, aber sich Namen einzuprägen war nicht gerade seine Stärke. Im Schnelldurchlauf spulte er das Alphabet herunter. Manchmal funktionierte diese Methode und es machte beim richtigen Anfangsbuchstaben »klick«. Er hatte Glück, beim »M« rastete es ein: Meier, sie hieß Meier, Kerstin Meier!

Erleichtert ging er auf die Kollegin zu. Lächelnd schüttelte er ihre Hand und begrüßte sie. »Schön, Sie zu sehen, Frau Meier, Kerstin Meier, nicht wahr?«

»Sie haben sich meinen Namen gemerkt?«, fragte sie erstaunt.

»Ich habe Sie gleich erkannt«, behauptete der Kommissar.

Dass er krampfhaft nach ihrem Namen gesucht hatte, verriet er nicht. Es wäre auch töricht gewesen, den guten Eindruck, den er bei ihr gemacht hatte, zu verspielen. Wahrscheinlich erinnerte sich die Polizistin auch mehr an die Ladung Senf, die auf seinem Jackett gelandet war, als an seine Person.

Aber darüber nachzudenken lohnte sich nicht. Es war auch keine Zeit dazu. Schließlich wartete eine Leiche auf sie.

»Es sind nur ein paar Meter«, sagte Kerstin Meier, als sie ins Auto gestiegen waren. »Der Fundort liegt nicht weit von der Bühlertäler Skihütte entfernt.«

Doninger kannte den Weg zur Skihütte. Er war bei seinen Wanderungen schon mehrmals dort vorbeigekommen oder hatte die Hütte unten liegen sehen, wenn er von Hundseck aus den Westweg hinauf zum Hochkopf und dann weiter auf die Hornisgrinde gewandert war. Doch heute erwartete ihn keine erholsame Bergtour, sondern ein Polizist vom Polizeirevier Bühl neben einer Leiche und einem umgefallenen Hochsitz.

»Das ist mein Kollege Herbert Doll«, stellte ihn die Polizistin vor.

»Sind Sie nicht der Kollege, der mit Frau Mertens die bettelnden Kinder auf dem Johannesplatz beobachtet hat?« Der Kommissar konnte sich auch an dieses Gesicht noch gut erinnern.

»Genau der!«, bestätigte der Polizist.

Dann erstattete er Bericht: »Den Papieren nach, die er bei sich hatte, handelt es sich bei dem Toten um einen Heinrich Pauler aus Bühlertal. Ein Anruf beim Forstamt ergab, dass er hier sein Jagdrevier hatte. Ein Holzarbeiter hat ihn gefunden. Der Anruf ging bei uns um 8.22 Uhr ein. Meine Kollegin Meier und ich waren dreißig Minuten später vor Ort. Der ziemlich marode Hochsitz war zusammengestürzt, der Mann lag in den Trümmern und hatte eine große Wunde am Hinterkopf. Alles sah nach einem Unfall aus. Zum Glück sah sich meine Kollegin den Trümmerhaufen genauer an. Dabei fiel ihr auf, dass die Bruchstellen zum größten Teil ziemlich glatt waren, als ob mit einer Säge nachgeholfen worden wäre. Daraufhin rief ich bei der Kriminalpolizei an. Ich hoffe, ich war nicht zu voreilig.«

»Auf keinen Fall! Sie haben genau das Richtige getan«, versicherte ihm der Kommissar. »Man muss in solchen Fällen alle Möglichkeiten in Erwägung ziehen.«

Die Polizistin zeigte dem Kriminalisten die betreffenden Stellen an den Holzstangen, die sie stutzig gemacht hatten. Doninger besah sich auch die Wunde am Kopf des Toten. Diese konnte nach seinem ersten Eindruck nur bedingt von einem Sturz herrühren.

Dann wollte er wissen: »Haben Sie beim Toten ein Handy gefunden?«

»Nein, keine Spur von einem Handy«, antwortete die Kollegin, »auch im Auto nicht!«

»Das steht drüben vor der Bühlertäler Skihütte«, erklärte Herbert Doll. »Die Nummer stimmt mit der im Kfz-Schein überein, den das Opfer bei sich hatte.«

»Wäre auch zu schön gewesen, sein Handy zu finden, am besten noch mit einem Hinweis auf den möglichen Täter!«, überlegte der Kommissar laut.

Dann fackelte er nicht lange. Umgehend rief er die Spurensicherung herbei, dazu den Rechtsmediziner Dr. Seifert. Der war natürlich alles andere als erfreut über die morgendliche Störung, zumal er wieder einmal bis in die späte Nacht hinein gearbeitet hatte.

»Warum soll's dem besser ergehen als mir?«, brummte Doninger. »Der soll ruhig seinen Arsch in Bewegung setzen.«

»Was meinen Sie?«, fragte die Polizistin.

»Nichts von Belang«, gab Doninger schnell zurück, »ich führe manchmal Selbstgespräche.«

»Wie meine Oma, die macht das auch immer«, sagte Kerstin Meier.

»Wollen Sie damit etwa auf mein Alter anspielen?«, meinte der Kommissar gespielt beleidigt.

»Ach wo!«, versicherte die Polizistin. »Anwesende sind immer ausgeschlossen!«

»Auch ein Spruch Ihrer Oma?« Doninger grinste.

»Ja, manchmal sagt sie das auch«, musste Frau Meier zugeben.

Der Kommissar besann sich wieder auf seine Aufgabe und wandte sich an Herbert Doll: »Haben Sie die Aussage des Holzarbeiters protokolliert?«

»Haben wir. Aussage, Uhrzeit, Name, Adresse, Arbeitgeber, alles hier nachzulesen.« Doll streckte Doninger das Notizbuch hin.

Der aber wehrte ab. Das sah nach Schreibarbeit aus! »Mailen Sie das fertige Protokoll an meine Dienststelle!«, sagte er nur.

»Das geht doch in Ordnung, dass ich den Mann zur Arbeit gehen ließ, oder?«, fragte der Polizist. »Der arbeitet ein paar hundert Meter weiter unterhalb. Den könnte ich jederzeit wieder herholen.«

»Nicht nötig!«, versicherte der Kommissar. »Es reicht völlig, wenn wir drei hier herumstehen.«

»Waldluft ist gesund«, kam da unvermittelt der Einwurf von Kerstin Meier. »Das behauptet nicht nur meine Oma.«

Doninger musste lachen. Die Kollegin schien nicht auf den Mund gefallen zu sein. Das gefiel ihm und er sagte: »Gesunde Waldluft macht auch Appetit. Ich habe Kaffee dabei. Wie wär's mit einem Becher?«

Für das ausgefallene Frühstück daheim hatte ihm seine Frau eine Thermoskanne mit Kaffee und ein paar Wurstbrote eingepackt. Die holte er jetzt aus dem Auto. Auch einige Becher hatte er dabei, wie immer, wenn er nicht wusste, wie lange er unterwegs sein würde. Er forderte die beiden Kollegen auf, etwas näher zu kommen, denn direkt am Tatort hätte wohl selbst er nichts herunterbekommen.

»Leichenschmaus«, sagte er, als er für jeden einen Becher mit Kaffee füllte. »Nichts für ungut!«, fügte er hinzu, als er die entsetzten Gesichter sah. »Hört sich makaber an, war nicht so gemeint.«

»Ich weiß schon, nur ein Selbstgespräch.« Die Polizistin lächelte und griff nach dem Kaffeebecher. Das angebotene Brot lehnte sie aber dankend ab. Auch der Kollege begnügte sich mit dem Getränk. Dafür biss der Kommissar umso herzhafter in sein Wurstbrot.

»Es geht nichts über ein gutes Frühstück in Gottes freier Natur«, sagte er mit Inbrunst und prostete den beiden Kollegen mit dem Kaffeebecher zu.

22

Besprechungstermin am Nachmittag im Büro von Kriminalrat Schaumann.

Anwesend: der Kriminalrat natürlich, Hauptkommissar Doninger, Kommissarin Mertens und fürs Protokoll Melanie Ams.

»Was haben wir bis jetzt konkret?«, eröffnete Schaumann die Gesprächsrunde.

»Wir haben eine Leiche, deren Identität mit ziemlicher Sicherheit feststeht, wir haben den Fundort, die Uhrzeit der Meldung des Fundes bei der Polizei und wir haben die Personalien des Finders«, resümierte Doninger.

»Außerdem liegt der Bericht der Spurensicherung vor«, ergänzte die Kommissarin. »Demnach lassen die Lage der Leiche und der herumliegenden Trümmerteile des Hochsitzes darauf schließen, dass hier ein Unfall vorgetäuscht und ein Mord vertuscht werden sollte.«

»Einige Stangen waren nachweislich angesägt. Die Spurensicherung geht davon aus, dass der Hochsitz erst zertrümmert wurde, nachdem der Mann bereits am Boden lag«, fügte der Kommissar hinzu.

»Also Pech für den oder die Täter, dass die Bühler Polizisten genauer hingeschaut haben«, stellte der Kriminalrat fest.

Doninger nickte. »So ist es! Denn sonst hätte man das Ganze als bedauerlichen Unfall abgehakt, und die Sache wäre erledigt gewesen.«

»Wir warten noch auf den Bericht aus der Rechtsmedizin. Der Todeszeitpunkt, die genaue Todesursache, die Herkunft der Wunde am Hinterkopf, all das wird für die weiteren Ermittlungen von Bedeutung sein«, schloss die Kommissarin die Bestandsaufnahme der augenblicklichen Faktenlage.

Der Kriminalrat wollte noch wissen, wann wohl mit dem Bericht zu rechnen sei, und mahnte: »Machen Sie da mal tüchtig Druck!«

»Das ist nicht nötig«, entgegnete der Kommissar. »Dr. Seifert weiß genau, dass mir vorgestern lieber als morgen ist.«

»Ihr Wort in Gottes Ohr!«, meinte Schaumann nur, einen von Doningers Lieblingssprüchen aufgreifend.

Bis der Bericht eintraf, stellten die Kommissare Doninger und Mertens eine Liste für das weitere Vorgehen zusammen.

Zunächst musste das Opfer von einer ihm nahestehenden Person identifiziert werden. Dann mussten alle Personen aus dem Umfeld des Toten befragt werden, um mögliche Mordmotive erkennen zu können. Erst dann konnte man mit der gezielten Tätersuche beginnen.

Der erste Punkt war schnell abgehakt. Die geschiedene Ehefrau des Opfers wurde ausfindig gemacht, dazu ein Bruder, der in Landau wohnte, und der zuständige Revierförster.

Eine Person hätte zur Identifizierung zwar genügt. Der Revierförster war auch gleich zur Stelle. Aber die frühere Ehefrau und der Bruder reisten am nächsten Tag an und wollten den Verstorbenen gern noch einmal sehen.

Danach stand zweifelsfrei fest: Bei dem Toten handelte es sich tatsächlich um Heinrich Pauler aus Bühlertal, seit einigen Jahren als erfolgreicher Immobilienmakler tätig und nebenher ein leidenschaftlicher Jäger.

Da bei vielen Kriminalfällen die Täter im persönlichen Umfeld des Opfers zu finden sind, ermittelten Doninger und Simone Mertens zuerst in diese Richtung.

Heinrich Pauler war 45 Jahre alt gewesen, seit zwölf Jahren geschieden, die Ehe war kinderlos geblieben. Seine frühere Frau lebte jetzt in Karlsruhe, war in zweiter Ehe mit einem Architekten verheiratet und arbeitete als Regieassistentin am Badischen Staatstheater. Sie hatte seit über zehn Jahren keinen Kontakt mehr mit dem Opfer gehabt und konnte auch ein zweifelsfreies Alibi für die Tatzeit vorweisen. Es war von der Rechtsmedizin schon bestätigt worden, dass der Tod bereits am Abend vor der Auffindung der Leiche eingetreten sein musste, und zwar zwischen 19 und 23 Uhr.

Der Bruder des Toten war in Landau in der Pfalz verheiratet, hatte vier Kinder und war Sachbearbeiter im dortigen Rathaus. Routinemäßig wurden auch seine persönlichen Verhältnisse durchleuchtet. Es gab keine Anhaltspunkte für ein mögliches Mordmotiv, auch nicht in finanzieller Hinsicht. Auch sein Alibi war für den in Frage kommenden Zeitraum hieb- und stichfest.

Doninger und seine Kollegin sahen sich in der Wohnung des Opfers um. Vielleicht war hier ein Hinweis zu entdecken. Ein privates Notizbuch? Mitteilungen auf dem Anrufbeantworter? Eine Adressenliste?

»Nichts! Aber auch nicht der kleinste Hinweis!«, murrte der Kommissar.

»Als ob er kein Privatleben gehabt hätte!«, seufzte die Kollegin.

»Wir nehmen seinen Laptop mit. Vielleicht ist da was Brauchbares drauf!«, sagte Doninger und packte das Gerät ein.

»Sonderbar, dass weder bei dem Toten noch hier in der Wohnung ein Handy zu finden ist!« Nicht nur Simone Mertens wunderte sich darüber.

Ihr Chef meinte aber nur: »Weitersuchen, einfach weitersuchen! Was soll's?«

Auch die Nachforschungen in der Nachbarschaft zeitigten keine brauchbaren Ergebnisse. Der Immobilienmakler wurde übereinstimmend als freundlich und fröhlich beschrieben und als einer, der in geselliger Runde durchaus spendierfreudig war. Die Befragung der beiden Mitarbeiterinnen im Maklerbüro brachte ebenfalls keine weiterführenden Erkenntnisse.

Die Kommissarin beschäftigte sich eingehend mit der Kundenkartei. Vielleicht war dort etwas zu entdecken? Eventuell ein verärgerter Kunde, der sich an ihm hatte rächen wollen? Doch auch hier: Fehlanzeige!

Der Revierförster Anton Huber war voll des Lobes über seinen Jagdkameraden, schilderte ihn als engagierten Kollegen, der sogar bei den Jagdhornbläsern mitmachte. Aber dann kam doch noch ein Hinweis, der für die weitere Ermittlung von Bedeutung sein konnte. Der Revierförster sprach ein Thema an, das das Forstamt und die Jägerschaft schon seit einigen Monaten beschäftigte.

»Wissen Sie«, sagte er, »dass die Jagd nicht von allen Menschen gutgeheißen wird, ist schon lange bekannt. Jagdkritiker hat es zu allen Zeiten gegeben, mal mehr, mal weniger. Auch das Bundesjagdgesetz findet nicht überall ungeteilte Zustimmung. Manche Waldbesitzer stören sich zum Beispiel daran, dass sie bei weniger als 75 Hektar Wald automatisch Mitglied in einer örtlichen Jagdvereinigung sein müssen.«

»Aber deswegen bringt man doch keinen Jäger um«, wandte die Kommissarin ein.

»Das kann ich mir auch nicht vorstellen«, erwiderte der Förster, »aber es gibt seit einiger Zeit auch in unserer Gegend militante Tierrechtsaktivisten, die nicht gerade zimperlich vorgehen.«

»Gab es denn da Vorfälle?«, fragte der Kommissar.

»Und ob!«, bestätigte Anton Huber. »Seit etwa einem Jahr wurden mehrmals Hochsitze angesägt, zum Glück immer ohne böse Folgen. Und als im vorigen Herbst in Obertal die alljährliche Hubertusmesse mit den Jagdhornbläsern gefeiert wurde, war am Abend zuvor das Kirchenportal mit roter Marmelade beschmiert worden. Anfangs dachte jeder, es wäre Blut. Auf einem Plakat daneben stand ›Jäger sind Mörder‹.«

»Wurden die Täter ausfindig gemacht?«, wollte die Kommissarin wissen.

»Nicht direkt. Die sind sehr professionell vorgegangen und haben keine Fingerabdrücke hinterlassen. Allerdings sind inzwischen einige Aktivisten der Polizei namentlich bekannt. Ihre Personalien wurden bei nicht genehmigten Demonstrationen festgehalten, aber konret nachzuweisen war ihnen bislang nichts.«

»Da haken wir nach«, überlegte Doninger laut, als sie auf der Rückfahrt in ihre Dienststelle waren.

»Ja, auf die Argumente von denen bin ich auch gespannt.« Simone Mertens stimmte ihrem Chef zu. »Ich bin allerdings auch nicht unbedingt eine Verfechterin der Jagd. Mir tun die Hasen und Rehe immer leid, die totgeschossen werden.«

»Klar! Ich bin auch nicht begeistert, wenn es bei uns ums Haus herum knallt«, gestand der Kommissar. »Aber wenn Sie hören, was die Weinbauern sagen, die in meiner Nachbarschaft wohnen, lernen Sie auch die andere Seite kennen.«

»Und was sagen die?«

»Na, ganz einfach! Die größten Schäden im Weinberg entstünden durch die Rehe, die die jungen Pflanzentriebe abfressen. Erst vor ein paar Tagen sagte mir ein Nachbar, dem die Weinberge ganz bei uns in der Nähe gehören, dass er den zuständigen Jäger aufgefordert hätte, mehr Rehe abzuschießen.«

Und nach einer Weile meinte er seufzend: »Das darf ich meiner Frau gar nicht erzählen, sonst flippt sie aus. Sie freut sich immer, wenn ein Rudel von acht, neun oder manchmal sogar zwölf Rehen am Haus vorbeizieht und auf den angrenzenden Wiesen oder am Waldrand auf Futtersuche geht. Manchmal sind auch Rehkitze dabei.«

»Genau, das meine ich ja«, sagte Simone Mertens. »Da würde ich auch ausflippen, wenn einer auf die ballert!«

Dem Kommissar ging vieles durch den Kopf. Zu diesem Thema hatte er schon die unterschiedlichsten Meinungen gehört. Das ging vom hehren Ziel, »einen gesunden Wildbestand und ein ökologisches Gleichgewicht zu erhalten«, bis hin zur Forderung, »die Natur sich selber zu überlassen, die dann für dasselbe Ziel von allein sorgen würde«.

Es war still geworden im Auto. Jeder hing seinen Gedanken nach. Normalerweise hatte Doninger in solchen Fällen ein Liedchen auf den Lippen. Aber heute? Was hätte er auch singen sollen? Ein Jagdlied vielleicht?

»Ein Jäger längs dem Weiher ging …« oder *»Ein Jäger aus Kurpfalz …«*

Lieber nicht!

»Und doch glaube ich nicht, dass der Jäger von Tierrechtsaktivisten umgebracht wurde!«, stieß die Kommissarin plötzlich hervor.

»Das halte ich auch für ziemlich unwahrscheinlich. Aber nachgehen müssen wir der Sache!«

Doninger ließ den Dienstwagen auf den Hof des Polizeireviers ausrollen.

23

Endlich lag der Bericht der Rechtsmedizin vor. Die Leiche wies keine Sturzverletzungen auf. Der Jäger war also, wie bereits vermutet, nicht vom angesägten Hochsitz gefallen. Todesursache war ein gewaltiger Schlag auf den Hinterkopf, vermutlich mit einem großen, kantigen Stein. Es wäre auch möglich, dass der Stein aus kurzer Entfernung geworfen wurde. Aber das war nicht sehr wahrscheinlich. Dafür war die Verletzung zu stark. Trotz intensiver Suche der Beamten von der Spurensicherung war in der ganzen Umgebung kein Stein gefunden worden, der als Tatwaffe in Frage gekommen wäre. Hatte der Täter ihn mitgenommen? Ziemlich unwahrscheinlich! Oder war es gar kein Stein? Gab es eine andere Tatwaffe? Vielleicht musste man den ganzen Bereich noch einmal gründlich absuchen, zumal das Handy auch nirgends aufgetaucht war.

Der Mann war zunächst bewusstlos geworden und dann an den Folgen des gewaltigen Blutverlustes gestorben. Interessant war, dass an der Leiche keine Spuren eines Kampfes zu finden waren. Der Jäger dürfte demnach hinterrücks erschlagen oder getroffen worden sein. Seine Kleidung wies dem Bericht nach auch Spermaspuren auf. Das Opfer musste noch wenige Stunden vor seinem gewaltsamen Tod Geschlechtsverkehr gehabt haben.

»Das alles klingt gar nicht nach Tierrechtsaktivisten«, stellte die Kommissarin fest, »es sei denn, die würden zu ganz neuen Methoden greifen. Aber das kann ich mir nicht vorstellen. Da hätte sich das Opfer gewehrt!«

Doninger sah das ähnlich. Dennoch sagte er: »Ausschließen dürfen wir das trotzdem nicht. Wir müssen aber auch in andere Richtungen ermitteln, das Ganze sieht mir eher nach einer Beziehungstat aus. Es hat keinen Kampf gegeben. Täter und Opfer könnten sich durchaus gekannt haben.«

Melanie Ams bekam den Auftrag, die Adressen sämtlicher Tierrechtsaktivisten in der Umgebung zu besorgen, deren Personalien der Polizei vorlagen. Sie sollten ins Kommissariat vorgeladen und dort einzeln befragt werden.

Inzwischen war Doninger bereits wieder in Richtung Hundseck unterwegs. Die fehlende Tatwaffe ließ ihm keine Ruhe. Simone Mertens begleitete ihn.

»Vier Augen sehen mehr als zwei!«, hatte sie argumentiert, was der Kommissar nicht bestreiten konnte.

Tatsächlich entdeckten sie neben dem umgestürzten Hochsitz einen Steinhaufen, der im Bericht der Spurensicherung bereits vermerkt war.

»Ein Paradies für Eidechsen«, meinte die Kommissarin.

»Aber wohl nicht für den Jäger!«, war Doningers trockener Kommentar. Er fragte sich, wo sie mit ihrer Suche beginnen sollten, da der Fundort selbst ja bereits akribisch unter die Lupe genommen worden war. Er setzte sich auf einen in der Nähe liegenden Baumstamm und schaute sich um.

»Vesperpause?« Die Kommissarin klang verwundert.

»Nee, ausnahmsweise hab ich heute nichts dabei«, antwortete Doninger. »Konnte ja nicht wissen, dass wir heute eine Waldexkursion machen.«

»Sie überlegen, wo der Täter den Stein entsorgt haben könnte. Habe ich Recht?«

»Stimmt. Ich stelle mir vor, wohin ich ihn nach der Tat geworfen hätte.«

»Hmmm, vielleicht in das Gebüsch da – oder …«, die Kommissarin sah in die andere Richtung, »… hinter den Holzstapel dort hinten.«

»Ich würde mich wundern, wenn die Spurensicherung da nicht bereits nachgesehen hätte«, sagte Doninger entschieden.

»Richtig. Und wenn der Täter einen Unfall vortäuschen wollte, konnte er die Tatwaffe kaum in der unmittelbaren Umgebung liegen lassen.« Simone Mertens sprach ihre Gedanken laut aus. »Es wäre mehr als wahrscheinlich, dass man nach ihr suchen und sie auch finden würde.«

Der Kommissar spann den Faden weiter: »Aber weil der Täter auch nicht will, dass man die Tatwaffe bei ihm entdeckt, versucht er, sie trotzdem so schnell wie möglich loszuwerden.«

»Er flieht mit dem Auto auf dem geteerten Weg, auf dem keine Reifenabdrücke zu sehen sind, in Richtung Schwarzwaldhochstraße, er trägt immer noch Handschuhe, den Stein hat er in ein Tuch oder ein Papier gewickelt, damit er im Auto keine Spuren hinterlässt ...« Die Kommissarin war jetzt so richtig in Fahrt gekommen.

»Kommen Sie, steigen Sie ein!« Damit fuhr Doninger plötzlich vom Baumstamm hoch. »Sie haben mich auf eine Idee gebracht!«

Simone Mertens kannte den Kommissar inzwischen schon etwas besser und war nicht überrascht von dem abrupten Aufbruch. Was war ihrem Chef dieses Mal in den Sinn gekommen? Sie überlegte, welcher Teil ihrer Aussage ihn auf eine Idee gebracht haben könnte.

»Der Container! Auf Hundseck steht noch ein Container!«, erklärte ihr Doninger unterwegs. »Vermutlich noch mit Resten von den Abbrucharbeiten.«

»Sie meinen vom ehemaligen Kurhaus Hundseck, von dem Sie erzählt haben?«, fragte die Kommissarin.

»Genau! Ich habe da beim Vorbeifahren einen stehen sehen.«

»Vielleicht hat er dort auch das Handy des Opfers entsorgt.« Simone Mertens war schon längst vom Ermittlungsfieber Doningers angesteckt.

»Das wäre wie ein Sechser im Lotto!«, dämpfte ihr Chef die allzu großen Hoffnungen.

Der Versuch des Kommissars, die Wand des Containers zu überwinden, gestaltete sich als zirkusreife Nummer. Irgendwie musste er ein Bein über den hohen Rand bringen und dann das andere nachziehen. Der theoretische Plan war nicht schlecht, aber an seiner praktischen Umsetzung haperte es gewaltig. Die Kollegin versuchte ernst zu bleiben, aber als Doninger nach etlichen Versuchen einen Fuß oben eingehakt hatte und dann trotz wilden Gezappels nicht weiterkam, konnte sie ihr Lachen nicht mehr zurückhalten.

»Ein Bild für die Götter!«, prustete sie los. »Bleiben Sie so, das muss der Nachwelt erhalten bleiben!«

Schon wollte sie ihr Handy zücken und ein Bild schießen. Das ging Doninger aber dann doch zu weit. Er hakte den Fuß aus und plumpste wie ein Sack zu Boden.

»Beim Geräteturnen war ich noch nie ein Ass«, gestand er, »und jünger bin ich auch nicht geworden.«

»Aber einen Versuch war's wert!« Die Kommissarin musste wieder lachen.

»Eine irre Volksbelustigung, was?«, brummte Doninger. »Ich sollte Eintritt kassieren.«

»Und noch ein paar Prozent Vergnügungssteuer dazu«, feixte Simone Mertens.

»Jetzt sind Sie dran«, schlug Doninger daraufhin vor.

»Machen Sie die Räuberleiter, dann steige ich hinauf!«, war die knappe Antwort.

Und siehe da! Behände wie eine Katze kletterte die Kommissarin hinauf, sprang in den Container und begann mit der Suche.

»Bingo!«, ertönte es plötzlich aus dem Innern. »Ein Handy ist hier zwar nirgends zu sehen, aber den Stein habe ich! Achtung! Ich werfe ihn hinunter.«

»Sie werden ihn doch nicht werfen!«, rief der Kommissar erschrocken und ging vorsichtshalber in Deckung. Noch einmal wollte er nicht zu Boden gehen. Da kam die Tüte mit dem gesuchten Inhalt auch schon geflogen. Und wie eine Gazelle sprang die Kollegin hinterher. Doninger staunte.

»Das war olympiareif!«, meinte er anerkennend.

»Jetzt nichts wie ab zur kriminaltechnischen Untersuchung!«, sagte Frau Mertens nur.

»Eine Bitte noch. Sorgen Sie dafür, dass die Art der Mordwaffe nicht veröffentlicht wird, also in keiner Zeitung auftaucht und in keinem anderen Medium erwähnt wird«, wies sie der Kommissar an. »Das könnte uns bei der Überführung des Täters oder der Täter vielleicht noch nützlich sein.«

»Man kann sich das kaum mehr vorstellen, dass dort ein Kurhaus gestanden hat«, sagte die Kommissarin auf der Rückfahrt nach Baden-Baden.

»Doch, sogar schon seit 1896 stand auf Hundseck ein Kurhaus. Ab 1957 wurde es dann als Kurklinik für Bergarbeiter aus dem Ruhrgebiet genutzt. Das ging so bis 1982. Danach stand es leer und wurde mit der Zeit baufällig. Vor kurzem hat man die heruntergekommenen Reste abgerissen«, erklärte der Kommissar.

»Gab es denn keine Kaufinteressenten? Es kommen doch so viele Touristen hierher!«

»Ja, hauptsächlich Tagestouristen und einige Kurzurlauber. Die Blütezeit der Kurhäuser und Höhenhotels ist vorbei. Das in Unterstmatt steht ebenfalls seit Jahren leer. Auch das ›Kurhaus Sand‹, an dem wir vorhin vorbeigefahren sind. Dort hat einmal die österreichische Kaiserin Sissi zusammen mit der Erzherzogin Valerie gespeist. Aber davon kann man sich heute nichts mehr kaufen. Ich habe dort auch schon mit meiner Frau gegessen. Doch das hat den Braten auch nicht mehr fett gemacht«, erklärte der Kommissar.

Als das Schild »Schlosshotel Bühlerhöhe« an der Straße auftauchte, seufzte Doninger: »Auch dieses Nobelhotel, die Lieblingsresidenz des ersten deutschen Bundeskanzlers Konrad Adenauer, ist seit Jahren nicht mehr belegt. Eine Investmentfirma aus Kasachstan hat es zwar gekauft, aber es tut sich bislang nicht viel, es gibt immer neue Eröffnungstermine. Auch das ›Kurhaus Plättig‹ auf der rechten Seite steht schon lange leer. Ob es je wieder eröffnet wird, steht in den Sternen, denn zuletzt machte es täglich tausende Euro Verlust. Die Liste ließe sich fortsetzen.«

»Sind überhaupt noch irgendwelche Hotels an der Schwarzwaldhochstraße in Betrieb?«, wollte seine Kollegin wissen.

»Es gibt noch ein paar, aber wie schon gesagt, hauptsächlich frequentiert von Tagestouristen und Kurzurlaubern, zum Beispiel das am Mummelsee und das ›Schliffkopfhotel‹.«

»Richtig! Am Mummelsee haben wir ja vor kurzem einen Kaffee getrunken.« Daran erinnerte sich Simone Mertens.

Als sie die Hochstraße hinunterfuhren und Baden-Baden in Sicht kam, hellten sich die Gedanken des Kommissars wieder auf. Und als er die ersten Kurgäste gewahrte, darunter ein paar attraktive Damen, die in Richtung »Lichtentaler Allee« flanierten, ging ihm das Herz auf und er schmetterte wie gewohnt lauthals:

»Ob blond, ob braun, ich liebe alle Frau'n, mein Herz ist groß ...«

»Gemach, gemach!«, versuchte ihn Kommissarin Mertens etwas zu bremsen. »Lassen Sie das nur nicht Ihre Frau hören. Die würde Ihnen was husten!«

»Da schalte ich auf ein anderes Programm um«, entgegnete Doninger, »wollen Sie mal hören?« Und ehe es sich die Kommissarin versah, legte er auch schon los:

»Dein ist mein ganzes Herz, wo du nicht bist, kann ich nicht sein ...«

Voll Pathos tönte es jetzt aus seinem Mund, wobei er theatralisch die rechte Hand an sein Herz drückte.

»Vorsicht! Passen Sie auf den Gegenverkehr auf!«, schrie Simone Mertens entsetzt auf, als das Auto über die Mittellinie schwankte.

»O holde Kunst, was kümmert uns der Gegenverkehr!« Der Kommissar schnaufte vernehmlich und grinste die Kollegin an.

Diese atmete erleichtert auf, als ihr Chef wieder beide Hände am Lenkrad hatte und auf das Kommissariat zusteuerte.

24

Die kriminaltechnische Untersuchung ergab, dass das Blut auf dem gefundenen Stein tatsächlich vom Opfer stammte. Leider waren darauf keine DNA-Spuren des Täters zu finden. Er hatte also die Handschuhe anbehalten, bis er den Stein entsorgt hatte.

»Ich frage mich die ganze Zeit, warum er den Stein nicht einfach liegen gelassen hat«, meinte Simone Mertens. »Das hätte doch zu der beabsichtigten Unfallversion gepasst, auch wenn ich das anfangs anders gesehen habe. Der Hochsitz bricht zusammen, der Jäger fällt hinunter, der Kopf schlägt auf dem Stein auf. Aus!«

»Hoppla! Sie entwickeln ja direkt kriminelle Energie!«, wunderte sich der Kommissar. »Aber Ihre Version klingt durchaus logisch.«

»Also, warum macht er sich die Mühe?«

»Das weiß nur er«, brummte Doninger. »Vielleicht war es Panik. Die Tat könnte auch eine Affekthandlung gewesen sein. Und die wird selten vom Verstand gesteuert.«

»Aber das nachträgliche Ansägen des Hochsitzes geschah mit voller Absicht.« Die Kommissarin ließ nicht locker.

»Ja, das war überlegt«, pflichtete Doninger ihr bei. »Falls es mit der Unfallversion nicht klappte, wäre damit eine Spur in Richtung Tierrechtsaktivisten gelegt. Er muss von den Aktionen dieser Leute gewusst haben.«

Die Befragung der Tierrechtsaktivisten gestaltete sich schwieriger als angenommen. Die wenigsten erschienen zum genannten Termin. Einige meldeten sich krank, andere studierten außerhalb und kamen nur an den Wochenenden in ihren Heimatort zurück, ein paar reagierten gar nicht. Melanie Ams hatte alle Hände voll zu tun. Sie versuchte immer wieder klarzumachen, dass es sich bei dieser Vorladung nicht um ein Verhör, sondern lediglich um eine Befragung handle. Der größere Teil war dann schließlich zu einer Aussage bereit. Bei den restlichen Aktivisten gelang es erst, als ihnen mit Bußgeld und Zwangsvorführung gedroht wurde.

Die beiden Ermittler mussten viel Geduld aufbringen. Immer wieder wurden sie bei den einzelnen Befragungen mit den gleichen Argumenten konfrontiert, die die Aktivisten gegen die Jagd im Allgemeinen und die Jäger im Besonderen vorzubringen hatten. Und immer wieder versuchten Doninger und die Kommissarin geduldig darauf hinzuweisen, dass es hier nicht um Argumente für oder gegen die Jagd ginge, sondern um einen Mordfall, den sie aufzuklären hätten. Und dass sie jedem Hinweis nachgehen müssten.

Manches Mal kam es dem Kommissar vor, als hätte er Politiker vor sich sitzen, die gebetsmühlenhaft die Fraktionsmeinung ihrer Partei herunterleierten, egal was gefragt wurde. Einigen anderen nahm er es durchaus ab, dass ihnen das Wohl der Tiere am Herzen lag. Ihre Argumentation klang dann auch weitaus persönlicher und durchdachter.

Das Fazit der ganzen Aktion war schließlich die Erkenntnis, dass man so schlau war wie zuvor. Im vorliegenden Fall war eine Mitwirkung der befragten Aktivisten so gut wie auszuschließen. Trotzdem versäumten es die Kommissare nicht, die überwiegend jungen Leute darauf hinzuweisen, dass es sich bei Aktionen wie dem Ansägen von Hochsitzen, Telefonterror oder gar Morddrohungen und dergleichen um Straftaten handle. Genehmigte Demos dagegen seien durchaus legal.

Ob der Hinweis etwas bewirken würde? Bei den meisten eher nicht. Doch damit mussten sie leben.

»Wir müssen uns im Umfeld des Toten genauer umsehen«, sagte der Kommissar. »Ich bin mir sicher, dass wir dort den Schlüssel zur Lösung des Falles finden werden.«

»Ja, Sie haben von Anfang an eine Beziehungstat vermutet!«, bestätigte die Kollegin.

»Die Kundendatei haben Sie bereits durchforstet?«

»Da war nichts Auffälliges zu finden, kein Hinweis auf Streit, ausgebliebene Zahlungen, Übervorteilung oder dergleichen«, fasste die Kommissarin das Ergebnis ihrer Recherchen zusammen.

»Und wenn, dann wäre der Makler im Büro oder in einem Immobilienobjekt erschlagen worden und nicht unter einem Hochsitz!« Doninger kratzte sich am Kopf.

»Es sei denn, der Täter wollte uns absichtlich auf eine falsche Spur bringen«, wandte die Kommissarin ein, »aber das ist eher unwahrscheinlich, oder?«

»Genau! Einem geprellten Kunden wäre das viel zu umständlich!« Auch der Kommissar fand eine solche Theorie wenig plausibel.

»Also ist für uns der Täter im Umfeld des Jägers Heinrich Pauler oder im Umfeld des Privatmanns Heinrich Pauler zu suchen«, resümierte Simone Mertens.

»Nicht oder, sondern und!«, korrigierte Doninger. »Sie klappern noch einmal die Nachbarschaft ab, und ich werde mich um die Jagdgesellschaft kümmern!«

»Wer fündig wird, gibt einen aus!«, schlug die Kommissarin vor und lachte.

»Das ist mal eine ganz neue Version von Glücksspiel.« Der Kommissar signalisierte Zustimmung.

Simone Mertens schnappte sich ein Dienstfahrzeug und machte sich auf den Weg nach Bühlertal. Die Strecke kannte sie inzwischen ziemlich gut. Sie führte aus der Stadt hinaus und in Lichtental rechts ab auf die B 500, die bekannte Schwarzwaldhochstraße. Nach wenigen Kilometern ging es rechts ab auf die L 84 in Richtung Steinbach, Neuweier, Bühlertal. Und kurz darauf dann links ab auf die K 3753 nach Bühlertal. Das Ziel der Kommissarin war Obertal, wo der Immobilienmakler Heinrich Pauler sein Wohnhaus hatte.

Sie hätte sich eine angenehmere Arbeit vorstellen können, als hier von Haus zu Haus zu pilgern und an den Wohnungstüren zu klingeln.

»Wir kaufen nichts!«, bekam sie einige Male zu hören, noch bevor sie ihren Dienstausweis gezückt hatte und sich als Kriminalkommissarin ausweisen konnte.

»Und hier ist der Kaiser von China«, schallte es ihr einmal aus der Sprechanlage entgegen, als sie nach einem kurzen »Ja, bitte?« mit der Erklärung »Hier ist die Kriminalpolizei« geantwortet hatte.

Doch die meisten Leute waren freundlich und beantworteten ihre Fragen hinsichtlich des Toten bereitwillig.

»Ein netter Mensch«, »ein freundlicher Herr«, »etwas großspurig vielleicht«, »Feinde? Nicht, dass ich wüsste!«, »immer zuvorkommend«, »galant zu den Frauen« waren einige der Aussagen, die Simone Mertens zu hören bekam.

»Deswegen bringt man doch keinen um«, murmelte sie vor sich hin, als sie an einem der letzten Häuser klingelte.

Die ältere Dame, die ihr öffnete, lud sie gleich ein, hereinzukommen.

»Sie trinken doch sicher eine Tasse Tee mit mir«, sagte sie freundlich, »wissen Sie, ich bin sonst fast immer allein.«

»Eine Tasse Tee wäre nicht schlecht.« Simone Mertens tat ihr ganz gern den Gefallen.

»Da plaudert es sich leichter«, meinte die Dame, als sie den Tee eingoss. »Ich habe auch noch Streuselkuchen von gestern, Sie essen doch sicher ein Stück, nicht wahr?«

Bevor die Kommissarin etwas sagen konnte, hatte sie schon ein riesiges Stück vor sich auf dem Teller. Sie musste zugeben, der Kuchen sah recht appetitlich aus.

»Sie wollen etwas über den ermordeten Nachbarn in Erfahrung bringen, hab ich Recht?«, fragte die Gastgeberin, als sie den ersten Schluck Tee genommen hatte.

»Wir müssen jeder Spur nachgehen.« Simone Mertens blickte erwartungsvoll hoch.

Die alte Dame wischte sich mit der Serviette einen Streusel vom Mund ab und lehnte sich etwas über den Tisch.

»Wissen Sie, junge Frau, über Tote soll man ja nichts Schlechtes reden, aber ich sage Ihnen, der Pauler Heinrich war ein Schürzenjäger, wie er im Buch steht«, flüsterte sie geheimnisvoll. »Kein Wunder, dass ihm die eigene Frau davongelaufen ist. Jedem Rockzipfel ist der Casanova nachgejagt. Auch hier in der Nachbarschaft! ... Und stellen Sie sich vor«, hauchte sie und lehnte sich noch weiter vor, »sogar verheiratete Frauen sollen darunter gewesen sein!«

»Was Sie nicht sagen!« Die Kommissarin tat empört.

»Ja, Sodom und Gomorrha!«, schnaubte die alte Dame und nahm einen kräftigen Schluck aus ihrer Tasse.

»Und die Ehemänner? Würden Sie einem davon einen Mord zutrauen?«

»Gott bewahre!«, rief die Dame erschrocken aus und verschluckte sich dabei.

Nachdem sie sich von ihrem Hustenanfall erholt hatte, erklärte sie: »Eine Tracht Prügel könnte ich mir vorstellen, aber einen Mord?« Sie schüttelte den Kopf und murmelte leicht entrüstet: »Einen Mord? Nee! Wo denken Sie hin, junge Frau!«

»Sie können mir doch sicher ein paar Namen nennen, oder?« Nun versuchte Simone Mertens natürlich, ihr Genaueres zu entlocken.

Aber da biss sie auf Granit. Namen gab die alte Dame nicht preis.

»Ich werde mich hüten!«, sagte sie. »Ich will mir schließlich keine Feinde machen!«

Hauptkommissar Doninger ging inzwischen die Liste der Jäger durch, die mit dem Mordopfer Kontakt gehabt haben konnten. Den Zettel mit den Namen hatte er noch aus dem bis jetzt ungeklärten Fall mit der Moorleiche.

Aber auch die Aussagen der Jagdkollegen waren wenig hilfreich. »Ein guter Kamerad«, »ein super Kumpel«, »ein geselliger Mensch«, »immer da, wenn man ihn brauchte«, »gab gern ein wenig an« und ähnliche Gemeinplätze ließen auf kein Mordmotiv schließen.

»Gehen Sie doch mal in die ›Hochkopfstube‹, dort war der Pauler Heiner öfters mal zum Stammtisch«, gab einer der Jäger ihm schließlich einen Tipp.

Das Lokal auf Unterstmatt kannte Doninger. Er hatte dort manchmal an einem der Tische im Freien unterhalb der Skipiste gesessen, die Sonne genossen und mit seiner Frau einen Cappuccino getrunken.

Also lenkte er sein Fahrzeug am späten Nachmittag in diese Richtung. Tatsächlich traf er am Stammtisch zwei Jagdgenossen des Opfers an, die auch auf seiner Liste standen. Doninger kannte sie von der letzten Befragung im Fall des Moorknaben her. Natürlich war der neue Kriminalfall Thema zwischen den beiden. Der Kommissar setzte sich zu ihnen.

»Aha, das Auge des Gesetzes!«, meinte einer der beiden grinsend.

»Wir sind unschuldig, Euer Ehren!«, säuselte der andere mit leichtem Zungenschlag.

Doninger machte den Stammtischbrüdern klar, dass er sämtlichen Spuren nachgehen müsse, die er finden konnte. Und da gehörten natürlich auch alle Jagdkameraden dazu. Das leuchtete den beiden ein. Spurensuchen und Spurenlesen war auch ein wichtiger Teil des Jagdwesens.

»Wie können wir Ihnen helfen?«, fragte der erste und zeigte sich durchaus gesprächsbereit.

»Indem ihr mir alles über den Toten erzählt«, sagte der Kommissar. »Zum Beispiel, ob er Feinde hatte.«

»Feinde?«, gluckste nun der zweite Jäger, »Frauen hatte der, Frauen, sage ich Ihnen!« Und er fügte noch den Spruch »Ja, der Pauler Heiner, des isch so einer!« an.

»So sagten alle, die ihn näher kannten«, erklärte sein Kumpan.

»Das ist doch schon mal was!«, lobte Doninger. »Jeder Freund oder Ehemann könnte ein potentieller Mörder sein.« Aber er konnte sich natürlich nicht mit solch vagen Andeutungen zufriedengeben.

»Namen?« Damit wagte er den Versuch, etwas Konkreteres zu erfahren.

»Auf keinen Fall!«, bekam er zur Antwort. »Wir wollen doch keine Ehedramen heraufbeschwören.«

»Es geht aber um Mord!«, versuchte es der Kommissar noch einmal.

»Eben!«, bekam er zur Antwort. »Und einen zweiten wollen wir vermeiden!«

»Ich hätte so gerne einen ausgegeben!«, sagte Doninger, als sie wieder im Kommissariat saßen und einander die Ergebnisse ihrer Befragungen berichteten.

»Es ist doch unglaublich, dass wir beide so dicht dran waren, aber keine Namen erfahren haben!« Simone Mertens klang etwas frustriert.

»Wir sind auf der richtigen Spur, das fühle ich«, beschwichtigte sie der Kommissar. »Der Täter kommt aus dem Bekanntenkreis des Opfers.«

»Irgendwas muss da vorgefallen sein. Aber was?« Die Kommissarin blickte ratlos zu Doninger.

»Wir bleiben dran!«, versicherte der. »Uns fällt schon noch was ein!«

»Und dann gehen wir einen heben!« Simone Mertens' Stimmung hatte sich offensichtlich schon wieder gebessert.

25

Hauptkommissar Doninger hatte sich im Verlauf der vielen Berufsjahre ein gewisses Maß an Menschenkenntnis angeeignet. Wenn er einmal eine Spur aufgenommen hatte, ließ er nicht so leicht locker. Er war sich ganz sicher, dass er über die Frauengeschichten des Opfers an den Täter herankommen würde. Und der etwas besäuselte Stammtischbruder vom Abend zuvor wusste einiges, so viel war klar.

»Frauen hatte der, Frauen, sage ich Ihnen!«, hatte er gesagt.

Doninger war davon überzeugt, dass er ihm ein paar Namen entlocken konnte. Er musste ihn nur mal alleine antreffen. Die Adresse stand auf seiner Liste: Alois Schlegel, wohnhaft in Herrenwies. Der Kommissar lächelte. Alois, so hatte sein Großvater geheißen, der noch Landwirtschaft hatte. Heute war der Name nicht mehr so gebräuchlich.

Beim Kurhaus Sand bog Doninger von der Schwarzwaldhochstraße ab. Am Mehliskopf mit dem Skilift, der Sommerrodelbahn und dem Klettergarten vorbei führte die Straße in Richtung Herrenwies, dann an der Schwarzenbachtalsperre entlang ins Murgtal hinunter. Auch ein herrliches Wandergebiet, dachte der Kommissar, zum Herrenwieser See zum Beispiel oder hinauf zur Badener Höhe mit der weiten Sicht vom Friedrichsturm!

Im Nu hatte er Herrenwies erreicht. Als Kind war er hier schon Schlitten gefahren. Damals stand auch in diesem Ort noch ein Kurhaus, direkt an der Straße. Und oben am Waldrand das Gasthaus »Waldesruh«. Im Gegensatz zum Kurhaus gab es das Gasthaus auch jetzt noch. Dort im Biergarten hatte er sich an diesem Abend mit Alois Schlegel verabredet.

Der Jäger erwartete ihn bereits. Sein Bierglas war schon fast leer. Doninger nahm Platz und bestellte sich auch ein Bier.

»Alkohol im Dienst?«, fragte sein Gegenüber und grinste dabei.

»Mein Feierabendbier«, erklärte der Kommissar. »Ich bin auf dem Heimweg. … Sie trinken doch auch noch eines, oder?«, fügte er hinzu.

»So sicher wie das Amen in der Kirche!«

»Sie sind eingeladen.«

»Das hört sich gut an. Freibier von der Polizei, das gibt es nicht alle Tage!«

Es war ein gemütliches Plätzchen hier draußen im Biergarten mit Blick auf die Wiesen und die wenigen Häuser des kleinen Dorfes. Es hatte sich nicht viel am Landschaftsbild geändert, seit Doninger als Junge hier war. Er sah das Bild noch vor sich, wie er zusammen mit den anderen Kindern und den aneinandergehängten Schlitten hier vom »Waldesruh« aus den schmalen Weg hinabgesaust war. Das »Bahn frei! Kartoffelbrei!« tönte ihm jetzt noch in den Ohren.

Heute war Herrenwies ein bekannter Skiort für Langläufer. Unten links sah er die Dobelbachhütte stehen mit der Aufschrift »Langlauf-Center«, der bewirtete Ausgangspunkt für die gespurten Loipen in das weitläufige Skiwandergebiet. Im Sommer war es hier eher ruhig. Lediglich eine Jugendherberge und der Campingplatz daneben brachten etwas Leben ins Dorf.

Doch der Kommissar war ja nicht gekommen, um alten Kindheitserinnerungen nachzuhängen oder Werbung für den Skitourismus zu machen. Er wollte doch dem Alois ein paar Namen entlocken, die ihn im Mordfall Pauler einen Schritt weiterbringen sollten.

Aber noch kam er nicht dazu. Der Wirt war herausgekommen und hatte sich zu den beiden Gästen gesetzt. Er kannte Alois Schlegel und erfuhr von ihm, dass es sich bei dessen Tischgenossen um den berühmten Inspektor Doninger vom Landeskriminalamt handele, der den Mordfall von Hundseck aufklären würde.

»Nun mal halblang, so berühmt bin ich auch wieder nicht!«, korrigierte Doninger. »Ich bin weder ein Inspektor aus einem Fernsehkrimi, noch komme ich vom LKA. Ich bin lediglich Hauptkommissar im Kriminalkommissariat Baden-Baden. – Aber am Mordfall von Hundseck bin ich dran«, gab er dann doch zu.

»Sag ich doch!« Alois Schlegel grinste breit. »Mit den genauen Titeln hab ich's nicht so!«

»Ja, das mit den korrekten Anreden ist so eine Sache«, meinte auch der Wirt, »da ist schon mancher zum Doktor geworden, der gar keiner war!« Dann wandte er sich an den Kommissar: »Sind Sie zum ersten Mal hier?«

»Nee, ich war schon als Kind hier«, erwiderte Doninger, »da stand dieses Gasthaus auch schon.«

»Ja, da haben Sie Recht, das Gasthaus besteht schon seit 1927. Es wurde im Zusammenhang mit dem Bau der Schwarzenbachtalsperre errichtet«, berichtete der Wirt. »Der erste Besitzer war im Lohnbüro einer Firma angestellt, die am Bau der Talsperre von 1922 bis 1926 beteiligt war. Damals fiel das Naturfreundehaus am Schwarzenbach den Baumaßnahmen zum Opfer. Der Kaufmann erwarb zahlreiche Gebäudeteile, ließ sie hierher nach Herrenwies transportieren und baute damit das ›Waldesruh‹. Und wie man sieht, das Haus steht heute noch.«

»Eine interessante Geschichte«, sagte der Kommissar und freute sich, dass er wieder ein Stück Heimatgeschichte aufgeschnappt hatte, das er bei Gelegenheit selbst zum Besten geben konnte.

Als die beiden Gäste wieder unter sich waren, startete Doninger einen neuen Versuch, mit seinen Fragen zum Mordfall einen Schritt weiterzukommen.

»Sie können mir helfen, den Mörder Ihres Jägerkameraden zu finden«, so lenkte er das Gespräch in diese Richtung.

»Sie sind mir einer!« Alois Schlegel gab sich immer noch zugeknöpft. »Mich erst mit Bier und allgemeinem Tralala einlullen und dann so nach und nach ausquetschen.«

»Sie sind meine einzige Chance!«, flehte der Kommissar nun geradezu.

»Mit Namen tu ich mich schwer«, druckste der Jäger herum. »Und ich möchte da auch niemanden bloßstellen.«

»Ihre Rücksichtnahme in allen Ehren«, zischte darauf Doninger, dem so langsam der Geduldsfaden zu reißen drohte. »Hier geht es aber immerhin um Mord!«

»Also!«, begann Schlegel und schnaufte laut durch, »der Pauler Heiner war ein Casanova. Jedem Rock jagte der nach. Wehe dem weiblichen Wesen, das sich bei drei nicht auf einen Baum gerettet hatte! Es war in seinen Fängen, ob ledig oder verheiratet. Sogar Ehefrauen von Jagdkameraden waren dabei.«

Und nach einer kleinen Pause, in der ihn der Kommissar erwartungsvoll ansah, seufzte er: »Können Sie jetzt verstehen, dass ich da keine Namen nennen will? Ich möchte doch keine Katastrophen heraufbeschwören.«

»Sind Sie sicher, dass alle gehörnten Ehemänner ahnungslos sind?«, fragte Doninger nach.

»Das weiß ich nicht, aber darüber gesprochen hat jedenfalls keiner von den Betroffenen.«

»Also keine Namen?« Der Kommissar war sichtlich enttäuscht.

»Ich kann Ihnen aber einen Tipp geben«, flüsterte Schlegel. »Viele dieser Rendezvous fanden in der Jagdhütte vom Heiner statt. Er hatte eine ziemlich komfortable an einem Waldweg auf Unterstmatt. Sie müssen vom Parkplatz her nur ein paar hundert Meter weit in den Wald fahren. Ich bin mir sicher, dass Sie dort genug Spuren finden, die Sie in Ihrem Fall weiterbringen!«

Doninger schluckte seinen Ärger hinunter, denn er war viel zu begierig zu sehen, wohin ihn die neue Spur führen würde, als dass er diesem Schlegel nachdrücklich erklärt hätte, was man unter Behinderung der Ermittlungsarbeit der Polizei verstand.

Unterstmatt lag auf seinem Heimweg. Da wollte er gleich mal nachsehen, wo sich die Jagdhütte befand. Morgen könnten dann die Kollegen von der Spurensicherung die Hütte auseinandernehmen. Von Fingerabdrücken und DNA-Spuren dürfte es da nur so wimmeln! Da war auch er sich sicher. Und es sollte dann nicht so schwer sein, die dazugehörigen Personen ausfindig zu machen. Der Personenkreis war größtenteils bekannt. Er musste das nur schlau anstellen.

»Robert Doninger«, grunzte er zufrieden, »es geht aufwärts!«

Doch zunächst ging es beim Kurhaus Sand links ab und auf der Schwarzwaldhochstraße an Hundseck vorbei nach Unterstmatt. Auf dem Parkplatz standen einige Motorräder.

»Tolle Maschinen!«, entfuhr es ihm anerkennend. Der Kommissar liebte vor allem ihren Sound. Er empfand dabei immer ein Stück Abenteuer, eine Art Freiheitsgefühl. Die heutigen Maschinen waren PS-starke Geschosse, kaum mehr zu vergleichen mit den Motorrädern aus seiner Jugendzeit, als man mit Brille, Ledermütze und Beiwagen durch die Gegend tuckerte.

Auf Unterstmatt waren fast jeden Tag Motorradfahrer anzutreffen. Das Gasthaus »Zur großen Tanne« war ein beliebter Treffpunkt. Und einige Male im Jahr fanden hier organisierte Biker-Treffen statt.

Doninger nahm sich vor, an einem der nächsten Sonntage mal wieder vorbeizuschauen. Er konnte den Ausflug ja mit einer Wanderung auf den Hochkopf oder zur Hornisgrinde hinauf verbinden. Dagegen würde auch seine Frau nichts einzuwenden haben.

Doch erst musste er die Hütte finden, die ihm Alois Schlegel beschrieben hatte. Der Kommissar folgte dem Bettelmannskopf-Rundweg und gelangte nach ein paar hundert Metern tatsächlich zu einem hüttenähnlichen Gebäude. Das sah wirklich nach einer Jagdhütte aus, mit Kamin, also auch beheizbar, und mit einem Parkplatz davor. Die Fensterläden waren zu.

»Ich muss einen Schlüssel auftreiben«, murmelte Doninger vor sich hin.

Ihm fiel die Wirtin von der »Hochkopfstube« ein. Dort war der Pauler Heiner, wie sie ihn auch hier nannten, öfters eingekehrt. Vielleicht wusste sie, wo es einen Schlüssel gab.

Und er hatte Glück.

»Wir haben einen Schlüssel für die Hütte«, sagte die Wirtin. »Der Heiner hat hier einen hinterlegt für die Putzfrau, die einmal in der Woche kommt, und für die Handwerker, wenn es was zu reparieren gibt.«

»Und für einen Kriminalbeamten, der einen Mord aufzuklären hat«, ergänzte der Kommissar. »Oder brauchen Sie eine richterliche Anordnung?«

»Wiedersehen macht Freude!«, meinte die Wirtin aber nur, als sie Doninger den Schlüssel aushändigte.

26

Am nächsten Morgen staunten die Wanderer, die früh auf den Beinen waren, nicht schlecht, als eine ganze Kolonne Polizeifahrzeuge von der Schwarzwaldhochstraße auf den Parkplatz in Unterstmatt abbog.

»Wen suchen denn die schon in aller Frühe?«, fragte sich der Wirt von der »Großen Tanne«, als er die Dienstwagen von Polizei und Kripo vorbeifahren sah. Zum Glück hielten sie nicht an, sondern verschwanden in Richtung Bettelmannskopf-Rundweg.

»Gott sei Dank«, murmelte er vor sich hin, »die hätten mir sonst glatt die Kundschaft vertrieben.«

Mit der Kundschaft meinte er die zahlreichen Biker, die gewöhnlich hier eine Pause einlegten und sich mit einem heißen Kaffee aufwärmten oder sich ein Biker-Frühstück gönnten. Manch einer von ihnen hätte seine Maschine durchgestartet, wenn der Parkplatz voller Polizeiwagen gestanden wäre. Man konnte ja nie wissen, was die heute mal wieder kontrollierten!

Die Wirtin von der »Hochkopfstube« sah alles gelassener. Sie wusste ja, was los war.

»Aha! Der Doninger ist schon am Werk!«, dachte sie, als sie die Kolonne vorbeirauschen sah. »Hoffentlich findet er, was er sucht!«

Sie hatte den toten Jäger gut gekannt und wünschte sich, dass der Kommissar den Täter zu fassen bekam.

»Sapperlot!«, entfuhr es Doninger, als er mit seiner Mannschaft die Jagdhütte betrat. »Hier lebt es sich nicht schlecht!« Er hatte am Vorabend der Versuchung widerstanden, sich mit dem Schlüssel schon einmal einen ersten Eindruck von der Hütte zu verschaffen und war direkt nach Hause gefahren.

Doch bereits im Außenbereich der Jagdhütte hatte er gestaunt, als ihm die massiven Tische und Bänke aus Holz neben der gemauerten Grillstelle aufgefallen waren. Was er aber nun hier drinnen zu sehen bekam, ging über jede Vorstellungskraft. Die geräumige Hütte war mehr als großzügig ausgestattet. Eine Kochnische mit Kühlschrank, ein Duschraum mit Toilette, eine Kammer mit einem großen französischen Bett, dazu ein Aufenthaltsraum mit einer gepolsterten Eckbank, einem ausziehbaren Eichentisch und einem Schrankregal, alles gemütlich und mit allem Notwendigen eingerichtet.

»Da lassen sich Feste feiern!« Auch Simone Mertens war beeindruckt.

»Und dann ab ins Lotterbett!«, ergänzte der Kommissar, als er in Richtung Schlafraum blickte.

Sofort machten sich die Beamten ans Werk. Hier musste es jede Menge an Fingerabdrücken und sonstigen Spuren geben.

»Wäre doch gelacht, wenn da nichts Brauchbares dabei wäre!«, schnaubte Doninger, als er seine fleißigen Helfer bei der Arbeit sah.

Doch als so einfach, wie er es sich vorgestellt hatte, erwies sich die Suche nicht.

»Da war eine Putzfrau am Werk«, meinte einer der Beamten von der Spurensicherung.

»Hoffentlich war die nicht zu gründlich!« Die Kommissarin seufzte.

Doninger ließ sich nicht von seinem Optimismus abbringen. Irgendetwas Verwertbares war in der Regel dennoch zu finden.

»Nur der Täter versucht, alle Spuren zu verwischen«, erklärte er. »Eine Putzfrau will einfach saubermachen! Da bleibt immer irgendwo ein Fingerabdruck oder eine DNA-Spur übrig, und sei es nur am Papierkorb, unter der Stuhllehne oder sonst wo.«

»In den Schubladen sind Schachteln mit Zigarren, Zigaretten, Knabberzeug, Pralinen und sonstigem Krimskrams«, bemerkte die Kommissarin. »Das wird die gute Frau nicht alles einzeln abgewischt haben.«

Jetzt war auch sie sich sicher, dass der Ausflug hierher nicht umsonst gewesen sein würde.

Tatsächlich war die Spurensuche doch noch recht erfolgreich. Die Putzfrau hatte zwar gründlich saubergemacht, aber seit dem Mord schien sie nicht mehr da gewesen zu sein. Im Schlafraum entdeckten die Beamten ziemlich frische Spuren.

»Das französische Bett wurde mit Sicherheit vor kurzem noch benutzt«, berichtete einer von ihnen.

Der Kommissar erinnerte sich an die Spermaspuren, die Dr. Seifert an der Kleidung des Opfers gefunden hatte.

»Also war hier das letzte Liebesnest«, stellte er fest.

»Dann müssen wir nur noch herausfinden, mit wem er hier geturtelt hat«, meinte die Kommissarin.

»Das Täubchen ist wahrscheinlich nicht die Täterin, aber sie könnte uns zum Täter führen«, konstatierte Doninger.

»Vielleicht der gehörnte Ehemann!«, sagte Simone Mertens.

»Würde passen.« Der Kommissar nickte zustimmend. »Aber wir dürfen keine voreiligen Schlüsse ziehen!«

Und sogar noch ein weiterer Erfolg war zu vermelden. Heute schien Doningers Glückstag zu sein! Im Duschraum entdeckte einer seiner Leute ein Handy, das zwischen Toilette und Wand auf dem Boden lag. Vielleicht war es dem Besitzer unbemerkt aus der Gesäßtasche seiner Hose gerutscht?

»Das könnte ein Volltreffer werden!«, frohlockte der Kommissar. »Das Ding muss umgehend zur KTU.«

Es war zu hoffen, dass die kriminaltechnische Untersuchung dieses Mal mehr zu Tage bringen würde als beim Laptop aus der Wohnung des Toten. Darauf waren fast ausschließlich rein geschäftliche Daten zu finden gewesen. Nichts, was auf den ersten Blick einen Bezug zum Kriminalfall gehabt hätte.

»Heute haben wir uns eine Belohnung verdient«, sagte Doninger, als er mit der Kollegin ins Auto einstieg. »Wie wär's mit einem Eisbecher? Ich lade Sie ein!«

»Ja gern, so einen leckeren Schwarzwaldbecher könnte ich mir gut vorstellen«, meinte Simone Mertens.

»Mit einem tüchtigen Schuss Kirschwasser.« Doninger lief bereits das Wasser im Mund zusammen.

»Und mit vielen Kirschen und viel Sahne.«

Sie mussten beide lachen, wohl auch aus Erleichterung, dass es im Fall des toten Jägers nun vielleicht wirklich weiterführende Erkenntnisse geben würde.

Beim ehemaligen Kurhaus Sand bog Doninger links ab in Richtung Bühlertal. Als sie kurz darauf am »Wiedenfelsen« vorbeikamen, erklärte er: »Auch so ein Hotel, das schon bessere Zeiten gesehen hat!«

Auf der kurvenreichen Straße gelangten sie schließlich hinab ins Tal. Schon tauchten die ersten Häuser von Bühlertal vor ihnen auf.

»Sehen Sie da vorne links das Schild? Da geht's hinter zu den Gertelbach-Wasserfällen.« Doninger spielte mal wieder den Fremdenführer. »Die müssen Sie unbedingt einmal hinaufwandern, echt ein Erlebnis!«

»Und wo kutschieren wir jetzt hin?«, fragte die Kommissarin, die im Augenblick mehr an den versprochenen Eisbecher dachte als an eine Bergtour.

»Bella Italia«, bekam sie als einzigen Hinweis.

»Darf ich raten?« Simone Mertens ließ nicht locker. »Nach Bühl auf den Johannesplatz?«

»Meine Dame, Sie haben hundert Punkte! Ihr Preis ist eine aufblasbare Waschmaschine!«, meinte der Kommissar lachend.

»Mein Herr, ich begnüge mich mit einem Eisbecher!« Fröhlich nahm die Kollegin seinen Tonfall auf.

Die Kommissarin erinnerte sich noch sehr gut an den Johannesplatz, denn schließlich war sie erst vor wenigen Wochen hier gewesen, und sie hatte zusammen mit dem Kollegen Doll die rumänischen Kinder beobachtet. Sie sah den Platz vor sich: Ringsherum Geschäfte und Lokale, davor die vielen Tische und Stühle unter schattigen Bäumen. Und die Kinder, die an dem kleinen Wasserlauf mitten auf dem Platz ihren Spaß hatten, wenn sie nicht gerade den Tauben nachjagten. Ein beinahe südländisches Flair, nicht nur wegen der beiden italienischen Eisdielen. Eben »Bella Italia«, wie ihr Kollege gesagt hatte.

Auch heute war reges Treiben auf dem Platz. Simone Mertens nahm sich vor, die willkommene Verschnaufpause zu genießen und die Gedanken an den toten Jungen und die anderen Straßenkinder aus ihrem Kopf zu verbannen.

»Wie im Urlaub!«, seufzte sie, als sie an einem der Tische Platz genommen und ihre Bestellung aufgegeben hatten.

»O sole mio!«, hätte Doninger am liebsten losgeschmettert, aber der verlockende Eisbecher, den der Kellner eben vor ihn hinstellte, hielt ihn glücklicherweise davon ab.

27

»Der Kriminalrat hat schon mehrmals nach Ihnen gefragt«, sagte Melanie Ams, als Doninger und seine Kollegin wieder im Büro erschienen.

»Der wusste doch, dass wir mit der Spurensicherung unterwegs sind«, brummte der Kommissar.

»Aber die Spusi ist inzwischen zurück – und Sie waren nirgends erreichbar.« Die Sekretärin lächelte süffisant, schließlich kannte sie doch ihren Chef.

Simone Mertens unternahm darauf einen zaghaften Rettungsversuch und behauptete: »Einfach kein Verlass auf die moderne Technik!«

»Vor allem, wenn man das Handy ausgeschaltet hat«, ertönte plötzlich eine Stimme aus dem Hintergrund.

Der Kriminalrat stand in der Tür und genoss den Schrecken im Gesicht der jungen Kollegin. Doninger und Frau Ams waren solche Überfälle gewohnt und grinsten sich nur an.

»Könnte eine Empfangsstörung, ein Funkloch oder so was Ähnliches gewesen sein«, gab der Kommissar zu bedenken.

»Soll vorkommen.« Schaumann nickte und kam dann zur Sache.

Was er zu berichten hatte, waren Neuigkeiten, die bei den Umstehenden für entspannte Gesichter sorgten. Der Junge aus dem Kinderheim im rumänischen Slatina war tatsächlich der Bruder von Alexia, dem Mädchen aus Freudenstadt. Das hatte er heute Morgen von den zuständigen Behörden in Erfahrung gebracht.

»Ich hatte ja gesagt, wir bleiben am Ball!«, triumphierte er.

»Wunderbar!«, lobte Doninger.

»Das Beste kommt noch.« Der Kriminalrat, der seinen Auftritt offensichtlich genoss, machte die Sache jetzt spannend. »Alexias neue Familie adoptiert auch den Bruder.«

Doninger wollte ihm nicht die Stimmung verderben und verkniff sich die Bemerkung, dass er damit nach der Aussage von Alexias Adoptiveltern schon gerechnet hatte.

Melanie Ams strahlte. »Dann gibt es im Fall Moorknabe doch noch ein Happy End!«

»Nur für ihn selbst leider nicht«, schränkte die Kommissarin nachdenklich ein.

»Und für den Täter wird es auch kein Happy End geben, das schwöre ich!«, ergänzte Doninger. »Der Fall ist noch nicht bei den Akten!«

Dann kamen sie auf den aktuellen Mordfall zu sprechen.

»Sie waren erfolgreich unterwegs heute, habe ich gehört.« In der Stimme des Kriminalrates schwang deutliche Anerkennung mit. »Jede Menge Fingerabdrücke und DNA-Spuren.«

»Und ein Handy!«, rief Simone Mertens. »Wenn es tatsächlich dem Toten gehört hat, sind wir ein großes Stück weiter.«

»Die kriminaltechnische Untersuchung ist bereits veranlasst«, sagte Schaumann.

»Und die Fingerabdrücke und DNA-Spuren müssen mit den Dateien beim Bundeskriminalamt abgeglichen werden«, schlug Doninger vor, »da könnte etwas Brauchbares dabei sein.«

»Habe ich auch schon veranlasst«, verkündete der Kriminalrat stolz. »Alle Spuren wurden bereits dem BKA übermittelt und werden mit Hilfe der AFIS-Datenbank und der DNA-Analysedatei überprüft.«

»Alles erledigt, super!«, stellte die Kommissarin fest. »Dann sind wir ja fast arbeitslos.«

»Zu schön, um wahr zu sein!«, meinte Melanie Ams verträumt.

Sie kannte sich aus. Spätestens dann, wenn die ersten Untersuchungsergebnisse auf dem Tisch lägen, würde es mit der Arbeitslosigkeit ein Ende haben. Mit schriftlichen Vorladungen, Protokollen von Befragungen und Verhören würde sie mehr als genug zu tun bekommen.

Und als ob der Kriminalrat ihre Gedanken hätte lesen können, schloss er die Unterredung mit der Aufforderung: »Also, machen wir uns an die Arbeit!«

Über die weitere Vorgehensweise im Mordfall Pauler hatten sich die beiden Ermittler rasch geeinigt. Sie wollten zunächst die Ergebnisse der KTU abwarten. Blinder Aktionismus wäre jetzt fehl am Platz. Die Liste mit den Adressen und vor allem den letzten Anrufen könnte sie ein gehöriges Stück weiterbringen, da waren sie sich sicher. Und dann hieß es: Ran an die Arbeit! So, wie Schaumann es gesagt hatte.

Und das bedeutete zunächst Büroarbeit: Nummern und Anrufe auswerten, Adressen ausfindig machen, Vorladungen schreiben, Verhöre führen, mit der Staatsanwältin sprechen. Alles, was Doninger so liebte! Zum Glück konnten sie die Arbeit dieses Mal auf mehrere Personen aufteilen. Auch der Kriminalrat hatte seine Hilfe zugesagt.

»Rastatt lässt grüßen!«, hatte der Kommissar in sich hineingemurmelt, als er davon erfuhr.

Aber schön fand er es trotzdem, dass Schaumann nicht nur urplötzlich in der Tür stand und Ergebnisse anmahnte, wie Doninger es zur Genüge kannte, sondern aktiv mithelfen wollte, Rastatt hin oder her!

Es dauerte nicht lange, bis die Ergebnisse der kriminaltechnischen Untersuchung vorlagen. Der Kriminalrat hatte gehörig Druck gemacht. Das gefundene Handy gehörte laut KTU mit Sicherheit dem Mordopfer. Die Adressliste mit den gespeicherten Nummern lag ausgedruckt vor. Noch wichtiger für die Ermittlungen würde vermutlich das Verzeichnis mit den letzten Anrufen sein, die nach Datum und Uhrzeit aufgelistet waren.

Schaumann legte sich mächtig ins Zeug. Inga Mayerhofer, die zuständige Staatsanwältin, war von ihm vorab unterrichtet worden und hatte die Beschaffung der Adressen genehmigt. So dauerte es nicht lange, bis diese der Ermittlungskommission vorlagen. Die Beamten gingen die beiden Listen durch.

»Wir sollten zweigleisig vorgehen«, schlug der Kommissar vor.

»Inwiefern?«, fragte der Kriminalrat, der bei der Besprechung dabei war.

»Bei den Personen auf der gespeicherten Adressliste überprüfen wir zunächst lediglich, in welcher Beziehung sie zu dem Handybesitzer standen«, erklärte Doninger. »Alle Angaben nehmen wir zu Protokoll. Vielleicht müssen wir später auf sie zurückgreifen.«

Simone Mertens führte seinen Gedanken weiter: »Unser Hauptaugenmerk gilt aber den letzten Anrufen, die das spätere Opfer geführt hat, denn hier könnte der Hund begraben liegen.«

»Nicht noch eine Leiche!«, wehrte Melanie Ams ab.

»Nur sprichwörtlich!«, beruhigte sie Simone Mertens.

»Alles klar!«, fasste der Kriminalrat zusammen. »Also machen wir uns ans Werk!«

Getreu dem Motto »getrennt marschieren, vereint schlagen« wurde die Arbeit aufgeteilt. Frau Ams sollte mit der Überprüfung der Namen auf der Adressliste beginnen und die Angaben notieren. Mit der Überprüfung der letzten Anrufe wollten sich die Kriminalbeamten beschäftigen. Die Sekretärin murrte zwar, als sie die lange Liste anschaute, die auf sie wartete, aber als Schaumann mit aufmunternden Worten ihren bekannten Fleiß lobte, schien sie ein paar Zentimeter zu wachsen. Sie reckte sich auf ihrem Bürostuhl in die Höhe und griff entschlossen zum Telefon.

Der Kriminalrat war schon an der Tür, als er sich noch einmal umdrehte.

»Und denken Sie daran …«, sagte er und erhob den Zeigefinger, »… gehen Sie diskret vor! Noch sind alle, die wir überprüfen, unschuldig!«

»Jetzt will er's aber wissen, der Herr Kriminalrat«, amüsierte sich die Kommissarin, als die Tür zu war.

»Diskretion, meine Damen! Haben Sie gehört? Diskretion!«, äffte der Kommissar seinen Vorgesetzten nach und grinste in die Runde.

»Pscht!«, zischte die Sekretärin, die bereits den ersten Gesprächspartner in der Leitung hatte. Daraufhin wandten sich die beiden anderen ebenfalls ihrer Arbeit zu.

Es galt zunächst herauszufinden, welche der letzten Kontakte vernachlässigbar waren, um sich dann auf die wichtigen zu konzentrieren. Dem Anruf in einer Pizzeria maß Doninger zum Beispiel keine Bedeutung bei. Wahrscheinlich hatte Heinrich Pauler da lediglich eine Pizza bestellt. Genauso hakte er ein Gespräch mit dem Maklerbüro schnell ab. Dabei handelte es sich mit großer Wahrscheinlichkeit um eine berufliche Angelegenheit. Die Handynummern einiger Damen aus der Gegend schienen dagegen von größerem Interesse zu sein. Vielleicht stimmte die Theorie, dass einer der gehörnten Ehemänner als Täter in Frage kommen könnte?

Es war auch wichtig, die Adressliste mit der Liste der letzten Anrufe abzugleichen, um doppelte Telefonate zu vermeiden.

Schließlich kristallisierte sich eine kürzere Liste heraus, auf der ein paar Namen standen, die für die weiteren Ermittlungen wichtig erschienen.

Da sie sich vorher abgesprochen hatten, gingen der Kriminalrat und die Kommissare bei ihren Recherchen auf die gleiche Weise vor. Am Ende der umfangreichen Arbeit mussten daher nur noch die einzelnen Ergebnisse koordiniert werden.

»Jetzt können Sie mit den Befragungen beginnen«, stellte Schaumann fest.

»Auf geht's! Ab in den Außendienst!« Doninger freute sich. »Klappern wir erst mal die Damen auf der Liste ab.«

»Und denken Sie daran, diskret vorzugehen!«, mahnte der Kriminalrat noch einmal. »Wir wollen schließlich keine Ehedramen provozieren.«

»Sie wiederholen sich!«, maulte der Kommissar und griff nach dem Autoschlüssel.

»War doch nur gut gemeint«, beschwichtigte ihn die Kollegin beim Hinausgehen.

»Auf in den Kampf, Torero!« So ertönte es plötzlich, als sie dann losfuhren.

Doch dieses Mal war es Simone Mertens, die mit der bekannten Arie aus der Oper »Carmen« beim Kommissar für gute Laune sorgen wollte.

Doninger sah verblüfft zum Beifahrersitz hinüber.

»Respekt, Frau Kollegin!«, sagte er breit grinsend und stimmte dann mit voller Kraft in das Lied ein.

28

Die erste Station war eine stattliche Villa in der Schwarzwaldgemeinde mit einer großen Aussichtsterrasse und einem herrlichen Ausblick über das Tal. Die Frau des Hauses musste laut Liste eine der letzten Kontaktpersonen des späteren Opfers gewesen sein.

»Und denken Sie daran, Frau Mertens«, dozierte der Kommissar, als er klingelte, »Diskretion, nichts als Diskretion, wenn ich bitten darf!!«

»Ich werde mich bemühen, Herr Professor!«, gelobte die Kommissarin.

Doch so viel Diskretion war gar nicht vonnöten. Das merkten die beiden Beamten bald. Sie hatten sich kaum vorgestellt, als die gut gekleidete Dame auch schon zur Sache kam.

»Sie kommen sicher wegen meiner Beziehung zu Heinrich Pauler«, sagte sie lächelnd. »Ich möchte Ihnen da gar keine Ausreden auftischen. Ja, wir hatten eine sexuelle Beziehung, das ist kein Geheimnis. Auch mein Mann wusste davon.«

Doninger und seine Kollegin waren sprachlos. So viel Offenheit hatten sie nicht erwartet. Ihre Gesichter mussten ziemlich verdutzt ausgesehen haben, denn die Frau des Hauses rief gleich nach ihrem Gatten, damit er ihre Aussagen bestätigte.

»Wissen Sie«, erklärte der Mann ganz ohne Umschweife, »wir führen eine offene Ehe. Jeder geht seine eigenen Wege.«

»Und trotzdem lieben wir uns!«, fügte er noch hinzu.

Und seine Frau wurde noch deutlicher. »So leid es uns tut«, meinte sie, »bei uns finden Sie mit Sicherheit keinen Grund für einen Mord!«

»Trinken Sie einen mit?«, fragte der Hausherr, als er sich an der Bar einen Kognak einschenkte.

»Danke, wir sind im Dienst!« Doninger musste schlucken. Immerhin war es doch noch reichlich früh am Nachmittag.

»Aber ich könnte einen vertragen, Liebling!«, säuselte seine Gattin.

Simone Mertens blieb die Spucke weg.

»Friede, Freude, Eierkuchen!«, schnaufte sie laut, als sie zu ihrem Wagen liefen.

»Es sieht so aus«, brummte der Kommissar. »Aber ich kenne da ein Sprichwort. Da kommt ein Krug drin vor.«

»Der Krug geht so lange zum Brunnen, bis er bricht. Meinen Sie das, Herr Professor?«, fragte die Kollegin.

»Bingo! Aber den Professor können Sie sich an den Hut stecken!«, antwortete Doninger.

»Mache ich, sobald ich einen passenden finde!«, versprach Simone Mertens.

Die zweite Adresse war nicht ganz so mondän wie die erste. Aber an Geld schien es auch hier nicht zu mangeln. Oder die Leute hatten eine gute Bank, die mit Krediten großzügig war. Auf das Läuten hin öffnete eine attraktive Frau mittleren Alters die Haustür.

»Ist Ihr Mann zu Hause?«, fragte Simone Mertens, nachdem sie sich vorgestellt und ihre Ausweise gezeigt hatten.

Sie hatte den Schrecken im Gesicht der Frau bemerkt und ahnte, dass der holde Gatte von dem Techtelmechtel seiner Ehehälfte mit dem flotten Jäger keine Ahnung hatte. Sie hatte sich nicht getäuscht.

»Um Gottes willen!«, flüsterte die Frau und blickte erschrocken in alle Richtungen, um sicherzugehen, dass sie niemand belauschte. »Sie kommen sicher wegen des Toten auf Hundseck. Mein Mann darf nichts erfahren!«

»Sind Sie sicher, dass er keine Ahnung hat?«, hakte der Kommissar nach.

»Dass der Heinrich tot ist, das schon«, flüsterte sie immer noch, »aber von meinem Verhältnis nicht. Der würde mich glatt umbringen!«

»Und seinen Nebenbuhler ebenso, oder?«, fragte die Kommissarin.

»Wo denken Sie hin?«, wehrte die Frau kategorisch ab. »Der würde seine Wut allein an mir auslassen. Bei anderen zieht er den Schwanz ein. Ich kenne ihn doch. Ein Haustyrann! Und draußen ein laues Lüftchen! Ein Softie! Ein Hosenscheißer!«

Sie hatte sich inzwischen so in Rage geredet, dass sich ihr anfängliches Geflüster zu einem lauten Gekeife gesteigert hatte.

Die beiden Kommissare atmeten erst einmal durch, als sie wieder im Auto saßen.

»Ob da noch eine Eheberatung helfen könnte?« Simone Mertens' Stimme hörte sich äußerst zweifelnd an.

»Da bräucht's mehr als ein Fünkchen Hoffnung«, meinte auch Doninger. »Da müsste schon ein gewaltiges Feuer lodern.«

»Wenn das so weitergeht, wird das ein Schuss in den Ofen«, brummte der Kommissar missgelaunt, als sie bei der dritten Adresse läuteten.

Diesmal wurde die Tür von einem Mann geöffnet. Die Kriminalbeamten zeigten ihre Ausweise.

»Wir wollten gern Ihre Frau sprechen.«, sagte die Kommissarin.

»Hat sie was ausgefressen?«, wollte der Mann wissen.

»Wir möchten sie nur um ein paar Informationen bitten«, erklärte Simone Mertens.

»Sie brauchen nicht um den heißen Brei herumzureden«, meinte der Mann. »Sie wollen sie nach dem toten Jäger ausfragen, hab ich Recht?«

»So ist es!« Damit mischte sich der Kommissar ins Gespräch. »Können wir reinkommen?«

Die Frau war nicht zu Hause. Im Gespräch mit dem Ehemann zeigte es sich, dass in dieser Beziehung die Fronten bereits geklärt waren. Die Ehefrau hatte ihren Seitensprung gebeichtet und das Paar hatte sich danach ausgesprochen.

»Wir werden sehen, wie es nun mit uns weitergeht«, meinte der Mann. »Wie heißt es so schön? Die Zeit heilt alle Wunden.«

»Wir wünschen es Ihnen«, versicherte ihm die Kommissarin, als sie sich verabschiedeten.

»Den können wir von der Liste streichen«, stellte der Kommissar fest. »Der hat den Pauler nicht umgebracht. Der hat eher das Zeug zum Eheberater als zum Mörder!«

»Was ja nicht so schlecht ist, oder?«, gab Simone Mertens zu bedenken.

»Sag ich doch!«, schnaufte Doninger nur.

»An dieser Adresse könnte es problematisch werden«, meinte der Kommissar, als sie vor einem Haus im Schwarzwälder Stil am Waldrand hielten.

»Wohnt hier die Jägersgattin?«, fragte Simone Mertens.

»Genau!« Ihr Kollege nickte.

Der Kommissar äußerte die Befürchtung nicht ohne Grund. Wenn ein Jäger seine Gattin von einem Jagdkameraden ausgespannt bekam, könnte der Haussegen ganz schön in Schieflage geraten sein. Es sei denn, der gute Mann hätte bisher nichts davon mitbekommen.

»Wie sagte der Kriminalrat so schön? Diskretion, lieber Doninger, denken Sie daran, Diskretion!«, mahnte die Kommissarin wieder und versuchte, ein ernstes Gesicht dabei zu machen.

»Ja, ja, Diskretion!«, polterte der Kollege los. »Bisher sind wir nicht weit damit gekommen!«

Nach dem Klingeln zeigte sich sofort, dass in diesem Haus nicht Diskretion und Takt gefragt waren, sondern Schlichtungsqualitäten.

Der Ehemann musste erst vor kurzem von seinem »Glück« erfahren haben, denn kaum hatten die Kriminalisten ihre Ausweise gezeigt, brach das Gewitter über die Beamten herein. Der tobende Hausherr bekam einen regelrechten Wutanfall.

»Dieses elende Weibsstück, dieses schamlose Luder!«, schrie er, packte den nächsten Stuhl und warf ihn in eine Ecke. »Die Schlampe hab ich mit Sack und Pack rausgeworfen. Die schlag ich tot, wenn sie es noch einmal wagen sollte, hier aufzukreuzen!«

Und wieder flog ein Stuhl hinterher.

»Beruhigen Sie sich doch!« Die Kommissarin versuchte, ihn zur Vernunft zu bringen. Doch sie hatte wenig Glück damit. Die sanfte Tonart brachte ihn noch mehr in Rage.

»Und den Heiner, diesen aufgeblasenen Drecksack, den schlag ich auch tot!«, brüllte er und packte wieder einen Stuhl.

Der Kommissar konnte gerade noch eingreifen, sonst wäre auch das dritte Möbelstück in der Ecke gelandet.

»Stopp! Der ist schon tot!«, sagte er betont ruhig.

»Sein Glück! Sonst hätte ich's ihm besorgt!«, schnaufte der Jäger und ließ vom Stuhl ab.

Tatsächlich schien er sich zu beruhigen. Hatte es Doningers ruhige Stimme bewirkt oder der Gedanke, dass der Nebenbuhler bereits das Zeitliche gesegnet hatte? Wer weiß. Der Wutanfall war jedenfalls zu Ende.

»Ich war es nicht«, sagte er noch. »Aber ich hätte es getan, wenn er mir zwischen die Finger gekommen wäre, das dürfen Sie mir glauben!«

»Dem hätte ich das wirklich zugetraut!«, meinte die Kommissarin auf der Weiterfahrt und atmete ein paarmal tief durch. »So einen Choleriker habe ich in meinem ganzen Leben noch nicht erlebt!«

»Seien Sie froh«, erwiderte Doninger. »Denken Sie nur an die Stühle!«

»Zum Glück waren es nur die Stühle. Hoffentlich war seine Frau rechtzeitig weg, bevor er handgreiflich werden konnte!« Simone Mertens war sichtlich mitgenommen.

»Aber unser Täter ist er trotzdem nicht, das steht für mich fest«, sagte der Kommissar. »Auch wenn man es ihm zutrauen würde.«

»Ob es überhaupt einer der gehörnten Ehemänner war?«, gab die Kommissarin zu bedenken. »Vielleicht müssen wir den Täter ganz woanders suchen.«

»Je länger wir uns mit dem Fall befassen, desto sicherer bin ich mir, dass er im nahen Umfeld des Opfers zu finden ist«, sagte Doninger. »Doch es muss nicht unbedingt mit seinen Frauengeschichten zu tun haben.«

»Vielleicht richten wir unser Augenmerk mal auf die anderen Spuren, die in der Hütte gefunden wurden«, schlug die Kollegin vor.

»Vorschlag angenommen!«, stimmte der Kommissar zu. »Aber morgen ist auch noch ein Tag.«

»Und daheim gibt es dann den Kognak, auf den Sie heute aus dienstlichen Gründen verzichten mussten«, vermutete Simone Mertens.

»Da können Sie Gift drauf nehmen!« Doningers Antwort kam wie aus der Pistole geschossen.

»Lieber nicht!« Die Kommissarin lachte. »Da nehme ich doch lieber auch einen Kognak.«

29

Am nächsten Morgen lagen die Auswertungen des Bundeskriminalamts auf Doningers Schreibtisch. Der Abgleich der Fingerabdrücke mit der AFIS-Datenbank hatte keine brauchbaren Hinweise auf verdächtige Personen ergeben.

»Wäre auch zu schön gewesen!«, brummte der Kommissar vor sich hin.

Aber da waren ja auch noch die Ergebnisse aus der DNA-Analysedatei. Vielleicht war da etwas Hilfreiches dabei.

»Das gibt's doch nicht!« Doninger fuhr plötzlich wie von der Tarantel gestochen hoch. Er glaubte seinen Augen nicht zu trauen. Wieder und wieder sah er sich an, was da schwarz auf weiß zu lesen war. Eine der DNA-Spuren aus der Jagdhütte stimmte mit der auf dem Taschentuch überein, das er auf dem Hochkopf gefunden hatte! Sollte es da einen Zusammenhang geben? Handelte es sich vielleicht gar um denselben Täter?

Der Kommissar war wie elektrisiert. Er konnte es kaum erwarten, bis Simone Mertens endlich eintraf. Sie hatte den Wecker ausgeschaltet und prompt verschlafen.

»Entschuldigung!«, rief sie, als sie ins Büro stürzte, »soll nicht wieder vorkommen!«

Den Kommissar kümmerte das heute wenig. Er hatte wichtige Neuigkeiten.

»Erinnern Sie sich an das Stofftaschentuch, das wir auf dem Hochkopf gefunden haben?«, legte er gleich los.

»Den schmutzigen Fetzen?«

»Genau!«, bestätigte Doninger. »Die gleichen DNA-Spuren wurden auch in der Hütte gefunden.«

»Das ist ja der Hammer!«, rief Simone Mertens aus. »Es könnte also einen Zusammenhang geben mit unserem Knaben im Moor.«

»Ganz sicher besteht da ein Zusammenhang«, erwiderte der Kommissar.

»Das wär doch was, wenn wir diesen Fall zugleich auch noch lösen könnten!« Die Kollegin war voller Vorfreude.

Auch Kriminalrat Schaumann geriet richtig aus dem Häuschen, als er von der neuen Entwicklung erfuhr.

»Wir müssen uns gleich zusammensetzen und die weitere Vorgehensweise beraten«, schlug er vor. »Diese Entdeckung wirft ein ganz neues Licht auf die beiden Fälle.«

»Wir müssen den Täterkreis neu definieren«, meinte Doninger.

»Der Mensch mit dem Taschentuch war auch in der Jagdhütte, davon können wir jetzt ausgehen«, hielt die Kommissarin zunächst noch einmal fest.

»Sicher ist auch, dass diese identischen DNA-Spuren nicht von Heinrich Pauler stammen«, ergänzte der Kommissar. »Das BKA konnte sie keiner bisher bekannten Person zuordnen. Und die DNA des Opfers ist bekannt.«

»Auch seine Turteltauben sind, so wie es bis jetzt aussieht, aus dem Schneider«, meinte die Kollegin, »mit dem Moorknaben hatten die höchstwahrscheinlich nichts zu tun.«

»Wer bleibt da noch übrig?«, fragte der Kriminalrat.

»Wir sollten sämtliche Jagdkameraden von Heinrich Pauler einem DNA-Test unterziehen«, sagte der Kommissar, »auch die, die wir bisher nicht verdächtigt hatten. Wahrscheinlich haben wir das letzte Mal irgendetwas übersehen.«

»Wir sind bestimmt schon ganz nah dran«, stimmte Simone Mertens zu. »Sehr wahrscheinlich war es ein Jagdkamerad, denn der Täter mit der Moorleiche muss sich auf dem Hochkopf ausgekannt haben!«

»Und wer hielt sich außer den diversen Liebschaften des Opfers noch in der Hütte auf?«, fragte Doninger.

»Hauptsächlich Jagdkameraden, nehme ich mal an!«, antwortete die Kollegin.

»Also bestellen wir alle zu einem freiwilligen DNA-Test ein!«, sagte der Kriminalrat entschlossen.

Doninger hatte die Liste der Jäger und Forstbediensteten aus dem Umkreis noch vom Fall mit der Moorleiche. Er wollte sie vom Forstamt auf ihre Aktualität überprüfen lassen. Dann konnte Melanie Ams die Vorladungen verschicken.

»Meinen Sie, es kommen alle freiwillig?« Die Sekretärin hatte so ihre Zweifel.

»Wer ein reines Gewissen hat, wird die Speichelprobe machen.« Da war sich Simone Mertens sicher.

»Ansonsten wird eine richterliche Anordnung dafür sorgen«, erklärte der Kommissar mit Nachdruck. »Hier handelt es sich immerhin darum, einen Mörder zu finden!«

In den nächsten Tagen war die Spannung, die in der Luft lag, regelrecht mit Händen zu greifen. Eine der brennenden Fragen hieß, ob der Täter unter den vorgeladenen Personen sein würde. Eine andere, ob der Täter in beiden Fällen gar identisch war. Falls ja, standen sie womöglich kurz vor der Aufklärung beider Kriminalfälle.

Aber noch war es nicht so weit. Was wäre, wenn keine der Speichelproben mit den gefundenen DNA-Spuren übereinstimmte? Wo sollten sie dann nach einem möglichen Täter suchen? Es könnte sich auch durchaus herausstellen, dass im Mordfall Pauler ein ganz anderer Täter am Werk war! Ging dann die ganze Sucherei von vorne los? Lauter Fragen, die in den Köpfen der Beteiligten herumschwirrten!

Dem Kommissar war die Anspannung am meisten anzumerken. Keiner seiner flotten Sprüche war zu hören, kein lustiges Liedchen, das er vor sich hin trällerte, nicht einmal sein Feierabendbier schien ihm zu schmecken. Kein freudiges »Vive la France!«, wenn er daheim von der Terrasse aus in der Ferne die Vogesen sah.

»Robert Doninger, muss ich mir Sorgen machen?«, fragte seine Frau, als er mal wieder gedankenverloren auf das noch volle Bierglas starrte.

Er zuckte zusammen. Wenn seine Frau ihn mit dem kompletten Namen anredete, meinte sie es wirklich ernst.

»Ich scheine alt zu werden«, sagte Doninger ruhig und atmete tief durch.

»Es sieht fast so aus«, stimmte seine Frau ihm zu. »Bisher hieß deine Devise immer ›Dienst ist Dienst und Schnaps ist Schnaps‹! Gilt der Spruch nicht mehr?«

»Du hast ja Recht!«, meinte ihr Mann. »Was sinniere ich hier herum? Wir werden sehen, was sich in der Sache tut! Genießen wir lieber den Abend!«

Sprach's und schenkte seiner Frau auch ein Glas Bier ein.

»Zusammen schmeckt's besser«, sagte er lächelnd und prostete seiner Gabi zu.

Die »Aktion Speichelprobe« ging fast problemlos über die Bühne. Nur zwei Kandidaten weigerten sich, diese Prozedur freiwillig auf sich zu nehmen. Doch als ihnen darauf in Aussicht gestellt wurde, das Ganze mittels einer richterlichen Anordnung über sich ergehen lassen zu müssen, willigten sie schließlich doch ein.

Das Ergebnis war niederschmetternd! Es gab bei keinem der Tests eine Übereinstimmung mit den entscheidenden DNA-Spuren.

»Die ganze Arbeit umsonst!«, stellte Melanie Ams resigniert fest.

»Nicht ganz«, versuchte sie die Kommissarin zu trösten, »immerhin können wir alle Untersuchten als Täter im Moorleichenfall ausschließen. Das ist doch schon was, oder?«

»Wahrscheinlich haben wir einen vergessen.« Doninger kratzte sich am Kopf. »Auf alle Fälle muss der Täter im Fall Moorknabe unter den Personen zu finden sein, die sich in der Hütte aufgehalten haben. So viel steht fest.«

»Vielleicht müssen wir den Personenkreis erweitern«, schlug Simone Mertens vor. »Es könnte doch sein, dass noch andere Leute aus dem Bekanntenkreis in der Hütte waren.«

»Richtig! Anders kann es gar nicht sein!«, pflichtete ihr der Kommissar bei und verkündete: »Ich muss mich unbedingt noch mal mit dem Alois Schlegel treffen. Der kannte den toten Jäger gut. Vielleicht fällt ihm noch jemand ein!«

»Ist das der Jäger aus Herrenwies?«, fragte seine Kollegin.

»Genau der!«, bestätigte Doninger. »Wissen Sie was? Kommen Sie doch mit! Herrenwies ist immer eine Reise wert!«

30

Die B 500 von Baden-Baden aus ins Höhengebiet kannte Simone Mertens inzwischen fast auswendig. Nicht nur von den beiden Kriminalfällen her, die sie in diese Gegend geführt hatten. Auch wegen einiger privater Ausflüge, die sie in ihrer knappen Freizeit unternommen hatte. So war sie schon auf dem Luchspfad beim »Hotel Bühlerhöhe« unterwegs gewesen und auf dem etwas anspruchsvolleren Wildnispfad nebenan. Auch eine Rundwanderung vom Ruhestein aus zur Darmstädter Hütte und dem Wildsee hatte sie schon gemacht. Doch in Herrenwies war sie bis jetzt noch nicht gewesen.

Bevor sie losfuhren, hatte sich der Kommissar noch vergewissert, ob Paulers Jagdkamerad auch zu Hause war.

»Der sitzt wieder mal im Biergarten oben«, bekam er am Telefon zu hören.

Genau der richtige Arbeitsplatz für heute, überlegte Doninger, als er daran dachte, wie er schon einmal mit ihm da oben gesessen hatte.

Kurz nach der Abzweigung beim »Kurhaus Sand« fuhren sie am Skigebiet »Mehliskopf« vorbei. Natürlich war jetzt kein Skibetrieb. Trotzdem standen zahlreiche Autos auf dem Parkplatz.

»Die warten aber nicht bereits auf Schnee, oder?«, scherzte die Kommissarin.

»Nee, so blöd kann keiner sein!«, gab Doninger grinsend zurück. »Die sind entweder im Klettergarten dort links im Wald oder sie fahren auf der Sommerrodelbahn. Sehen Sie, dort sausen grad einige herunter!«

»Das würde ich auch gern mal wieder tun!«, sagte Simone Mertens spontan.

»Wenn wir in Herrenwies fertig sind, lade ich Sie zu einer Fahrt ein, abgemacht?« Der Kommissar strahlte und hielt ihr eine Hand hin.

»Abgemacht!«, meinte die Kollegin und schlug ein.

Alois Schlegel staunte nicht schlecht, als er den Kommissar und seine Begleiterin auf seinen Tisch im Biergarten des Gasthauses »Waldesruh« zukommen sah.

»Ist da wieder ein polizeiliches Freibier in Aussicht?«, rief er hoffnungsvoll.

»Auf ein Bier soll's mir nicht ankommen«, antwortete Doninger. »Und wenn wir ein gutes Gespräch haben, könnten es auch zwei werden.«

Der Jäger grinste. »Das hört sich nicht schlecht an. Zumal Sie in so hübscher Begleitung kommen.«

Der Kommissar stellte seine Kollegin vor. Alois Schlegel stand sogar auf, als Simone Mertens ihm die Hand hinstreckte, was er sonst selten tat. Die Kommissarin schien ihn sehr beeindruckt zu haben. Jedenfalls stand der Jäger stramm da. Fehlte nur noch, dass er die Hacken zusammengeschlagen hätte. Das wäre ein Bild für die Götter gewesen!

Der Wirt kam an den Tisch.

»Aha, hoher Besuch!« Er schmunzelte. »Und dieses Mal gleich im Doppelpack!«

»Ja, James Bond persönlich!«, meinte der Kommissar und zwinkerte dem Wirt zu.

Er dachte an die letzte Begegnung, als ihn Alois Schlegel als berühmten Inspektor vom Landeskriminalamt vorgestellt hatte.

»Pardon!«, entschuldigte sich daraufhin der Wirt lachend. »Jetzt hätte ich Sie beinahe mit Kommissar Maigret verwechselt.«

»Solange Sie meine Kollegin nicht mit Miss Marple verwechseln, lass ich Ihnen das durchgehen«, feixte Doninger.

Als sie der Wirt mit Getränken versorgt hatte – für die junge Kollegin gab es sogar ein Stück Heidelbeerkuchen als Präsent des Hauses gratis – kam der Kommissar umgehend zur Sache.

»Herr Schlegel, Sie sind unsere einzige Hoffnung!«. So versuchte Doninger, sein Gegenüber aus der Reserve zu locken. »Wir müssen bei unserer Aktion jemanden übersehen haben.«

»Bei diesem komischen Speicheltest, meinen Sie?« Schlegel schien geschmeichelt und sagte selbstbewusst: »Geben Sie zu, das war ein Schlag ins Wasser!«

»So ähnlich«, gab der Kommissar zu. »Deshalb kommen wir zu Ihnen!«

»War ja auch zu dämlich, anzunehmen, einer von uns hätte das getan!«, schnaubte Alois Schlegel und schüttelte dabei den Kopf.

»Lieber Herr Schlegel, Sie ahnen gar nicht, was alles möglich ist.« Damit mischte sich nun die Kommissarin in das Gespräch ein. »Aber wie mein Kollege bereits sagte, wir hoffen sehr auf Ihre Hilfe.«

Der Jäger fühlte sich noch mehr geschmeichelt. »Lieber Herr Schlegel« bekam er nicht alle Tage zu hören.

»Wie kann ich Ihnen helfen?«, hauchte er und strahlte Simone Mertens an.

Die Kommissarin legte vertraulich ihre rechte Hand auf seine, sah ihn lächelnd an und fragte: »Wer könnte außer den Jägern und Forstbediensteten hier aus dem Umkreis sonst noch Gast in der Jagdhütte von Heinrich Pauler gewesen sein?«

Mit dem Preisgeben von Namen war der Jäger sonst knausrig, aber die weiche Hand der hübschen Kommissarin ließ ihn diesmal alle Bedenken vergessen. Angestrengt dachte er nach. Auf keinen Fall wollte er die junge Frau enttäuschen.

»Wer könnte da sonst noch in der Hütte gewesen sein?«, murmelte er vor sich hin. »Wer außer den vielen Weibern?«

»Jemand, der sich auch auf dem Hochkopf gut auskennt«, versuchte Simone Mertens nachzuhelfen.

Die Kommissarin blickte den Jäger so hoffnungsvoll an, dass Doninger fast Angst bekam, Alois Schlegel könnte sein

Gehirn überanstrengen und ins Koma fallen. Doch bevor er sich genötigt sah, einzugreifen, richtete sich der Jäger plötzlich auf, schlug sich mit der freien Hand an die Stirn und atmete tief durch.

»Dass ich nicht früher darauf gekommen bin!«, verkündete er schließlich. »Beim Pauler Heiner war gelegentlich ein Jagdkamerad, den er mal im Urlaub kennen gelernt hatte. Der war mit ihm ab und zu auf der Jagd, auch auf dem Hochkopf! Und übernachtet hat er dann immer in der Jagdhütte.«

»Das könnte unser Mann sein!« Doninger atmete erleichtert auf.

»Und kennen Sie auch noch seinen Namen?«, flötete die Kommissarin.

»Warten Sie, wie hieß der gleich?« Der Jäger strengte seinen Kopf noch einmal an. »Der hatte einen etwas seltenen Doppelnamen.«

Die beiden Kommissare hielten förmlich die Luft an.

»Horst-Jürgen!«, fiel es ihm plötzlich ein. »Ja, der hieß Horst-Jürgen, der war mal in der ›Hochkopfstube‹ mit dabei.«

»Horst-Jürgen, und wie noch?«, wollte der Kommissar wissen.

»Das weiß ich nicht, wir Jäger reden uns nur mit dem Vornamen an«, sagte Alois Schlegel fast entschuldigend. »Wir Jäger sind alle per Du! … Aber der Horst-Jürgen war aus Iserlohn. Das hat er jedenfalls gesagt«, fügte er hinzu. »Können Sie damit was anfangen?«

»Sie haben einen Orden verdient, guter Mann!«, lobte Doninger und er meinte es ehrlich.

»Ein paar Bier wären mir lieber«, antwortete Schlegel grinsend.

»Darauf soll es mir nicht ankommen!« Der Kommissar winkte dem Wirt und rief: »Die Rechnung geht auf mich!«

»Sapperlot!«, meinte Doninger, als sie wieder im Auto saßen, »Sie hätten eine super Psychologin abgegeben, wie Sie den Schlegel um den Finger gewickelt haben! Der wäscht seine Hand nicht so schnell wieder. Das hätte die Frau Dr. Kiesewetter nicht besser hingekriegt.«

»Dafür hat die einen weitaus kräftigeren Händedruck«, seufzte Simone Mertens und fühlte den Schmerz, wenn sie nur daran dachte.

Der Auftritt der Karlsruher Kriminalpsychologin im Baden-Badener Kommissariat würde ihr ewig im Gedächtnis haften bleiben!

»Und? Habe ich jetzt meine Rodelfahrt verdient?«, erinnerte sie den Kollegen an sein Versprechen.

»Sie können rodeln, so viel Sie wollen.« Doninger lachte erleichtert. »Heute werden weder Kosten noch Mühen gescheut!«

»Aber nur, wenn Sie mitmachen!«, wandte die Kommissarin ein.

»Meine Frau wird mich zwar einen alten Esel nennen, aber heute ist mir alles egal«, rief Doninger, »wir rodeln!«

Und als ob er dabei einen Stier bei den Hörnern packen müsste, jodelte er, als sie ihr Auto abstellten: *»Auf in den Kampf, Torero!«*

Und ausgelassen sang dieses Mal die Kommissarin mit. Was kümmerte es sie, dass andere Besucher sie dabei seltsam anstarrten! Heute war ihr Tag!

Simone Mertens schaute etwas irritiert drein, als ihr Kollege gleich eine Zehnerkarte an der Kasse löste. Doninger bemerkte ihren fast ungläubigen Blick.

»Ich hab doch gesagt, dass heute keine Kosten und Mühen gescheut werden«, rief er und lachte laut. »Heute lassen wir es mal krachen!«

Als sie in ihren Schlitten den steilen Hang hochgezogen wurden, war es dem Kommissar dann doch etwas mulmig zumute. Es war einige Jahre her, dass er zum letzten Mal eine Rodelfahrt gemacht hatte. Aber da musste er jetzt durch.

Und wie um sich selber Mut zu machen, schmetterte er wieder lauthals die bekannte Arie aus der Oper »Carmen« von Georges Bizet: *»Auf in den Kampf, Torero!«*

Und dann die Abfahrt! Sie wirkte wie befreiend. Doninger genoss den frischen Wind und jodelte ein Lied nach dem anderen.

Simone Mertens hatte ebenfalls ihren Spaß. Und das nicht nur wegen der rasanten Fahrt. Noch selten hatte sie ihren Chef so gelöst erlebt.

31

Endlich war Licht am Ende des Tunnels zu sehen. Ein Steinchen fügte sich ans andere zum Mosaik. Zum fertigen Gesamtbild fehlten zwar noch ein paar wichtige Steinchen, aber mehr als der Umriss war bereits zu erkennen. Dieser Horst-Jürgen aus Iserlohn müsste ausfindig zu machen sein. Wenn seine DNA mit den vorhandenen Spuren übereinstimmte, war wenigstens der Täter im Fall der Moorleiche so gut wie gefunden.

Doninger besprach das weitere Vorgehen mit seiner Kollegin.

»Wir haben bisher vor allem die letzten Telefonkontakte auf dem Handy von Heinrich Pauler überprüfen lassen«, sagte er. »Die Geschichte mit dem Knaben im Moor ist aber schon Mitte März passiert. Wenn dieser Horst-Jürgen zu der Zeit hier in der Gegend war, müsste seine Nummer doch einmal auftauchen. Und wenn wir die Nummer haben, kriegen wir auch die dazugehörige Adresse heraus. Im Verzeichnis der Kontakte ist er ja leider nicht aufgetaucht.«

»Es ist doch kaum zu glauben, dass uns der tote Jäger auf die Spur des Täters im Fall der Moorleiche führt«, sagte Simone Mertens.

»Manchmal ist eben Kommissar Zufall am Werk«, meinte Doninger. »Der ist immer mal wieder unser Verbündeter!«

»Bleibt aber noch die Tätersuche im zweiten Mordfall«, überlegte die Kollegin laut weiter. »Ist es nur Zufall, dass die gleichen Spuren gerade hier auftauchen?«

»Vielleicht haben wir es ja tatsächlich mit demselben Täter zu tun, wundern würde es mich nicht!«, war Doningers Meinung dazu.

»Ich schlage vor, dass wir das private Umfeld von Heinrich Pauler noch genauer durchleuchten, irgendwo muss es doch einen Hinweis auf ein Motiv für den Mord oder Totschlag beim Jägersitz geben.« Simone Mertens blickte ihren Kollegen erwartungsvoll an.

»Sie haben Recht!«, stimmte er zu. »Wir sollten herausbekommen, was er in seiner Freizeit sonst noch für Hobbys hatte außer Jägerlatein und Frauengeschichten.«

»Eine Bankauskunft könnte da hilfreich sein«, fiel der Kommissarin ein. »Manche Hobbys sind recht kostspielig!«

»Respekt, Frau Kollegin!«, lobte der Kommissar. »Mit Ihnen zu arbeiten ist eine wahre Freude!«

»Das war ein Lob!«, schob er noch nach, als keine Reaktion kam.

»Das hoffe ich schwer«, bekam er als Antwort.

Und Doninger bemerkte noch, wie die Kommissarin zufrieden lächelte.

Im Baden-Badener Kommissariat spürten alle, dass jetzt in jeder Minute der Knoten platzen könnte. Ohne in Hektik zu verfallen, wurde alles in Gang gesetzt, was zur Lösung des Gordischen Knotens beitragen konnte. Da es sich um die Aufklärung von zwei mysteriösen Todesfällen, wahrscheinlich sogar um die Aufklärung von Mordfällen handelte, waren Richter und Staatsanwaltschaft nicht zimperlich, was Durchsuchungsbefehle und die Erlaubnis zur Einsichtnahme in Kontobewegungen anbelangte.

Es war erstaunlich, was da alles zu Tage kam. Das ziemlich positive Bild, das sich Doninger und Simone Mertens von dem Toten aufgrund der Befragungen im unmittelbaren Umfeld aufgedrängt hatte, fiel wie ein Kartenhaus in sich zusammen. Von wegen nett, leutselig, kameradschaftlich, immer gut aufgelegt, spendierfreudig und so weiter. Das mochte ja da und dort zugetroffen haben, doch die intensiven Nachforschungen förderten jetzt auch die Schattenseiten seines Lebenswandels ans Licht.

Sie gaben Kriminalrat Schaumann einen Zwischenbericht.

»Der Mann war hochgradig spielsüchtig«, nannte der Kommissar gleich die wichtigste ihrer neuen Erkenntnisse. »Jedenfalls war er Stammkunde im Spielkasino in Baden-Baden.«

»Und das Konto bei seiner Hausbank war so gut wie immer überzogen«, ergänzte die Kollegin.

»Das bedeutet, der Mann war bei seinem ausschweifenden Lebenswandel entweder ein Glückskind, dem Fortuna die Roulettekugel steuerte, oder er beschaffte sein Geld anderweitig«, stellte Doninger fest.

Simone Mertens wies auf eine weitere Auffälligkeit hin: »Nach jeder Mahnung der Bank wurden große Beträge bar auf das Konto eingezahlt. Die Frage ist doch, woher hatte er jeweils so plötzlich das Geld?«

»Ich sag's ja, entweder hatte Fortuna die Hand im Spiel, oder er hatte sich eine andere Geldquelle erschlossen«, sagte der Kommissar noch einmal.

»Vielleicht hat er die Moneten ja selbst gedruckt«, feixte Simone Mertens und fügte gleich hinzu: »Das war ein Scherz!«

Schaumann hatte bereits zu einer Ermahnung angesetzt, sagte aber nun stattdessen: »Warten wir die Identität dieses Burschen aus Iserlohn ab, vielleicht lösen sich dann manche Rätsel von selbst.« Damit schoss er aus dem Zimmer.

»Waren Sie schon mal in Iserlohn?«, nahm die Kommissarin den Faden auf und blickte fragend zu Doninger hinüber.

»Nein, warum auch!«, antwortete der. »Ich wusste bisher nur, dass die Stadt in Nordrhein-Westfalen liegt, genauer gesagt im Sauerland. Aus dem Internet weiß ich seit gestern, dass sie mit circa 93 000 Einwohnern die größte Stadt im Märkischen Kreis ist. Damit bin ich mit meiner Weisheit auch schon am Ende.«

»Ich war in der Schulzeit mal dort«, erzählte Simone Mertens, »die Stadt hat mir gut gefallen. Ich erinnere mich noch an malerische Fachwerkhäuser, ein paar gut erhaltene Reste der alten Stadtmauer, an eine Kirche aus dem 9. Jahrhundert – ich glaube, sie hieß Pankratiuskirche – und an die Oberste Stadtkirche mit gotischem Flügelaltar.«

»Und darüber mussten Sie dann wohl einen Aufsatz schreiben?« Doninger schnaufte laut durch die Nase. »Das war jedenfalls in meiner Schulzeit so üblich.«

»Einen Aufsatz nicht gerade, aber alle zusammen haben wir dann eine gemeinsame Dokumentation darüber gemacht, mit Texten und Bildern«, erklärte die Kommissarin.

Da machte sich Melanie Ams bemerkbar. »Eben kommt eine Nachricht von der AFIS-Datenbank herein«, meldete sie, »mit einer Adresse aus Iserlohn.«

Der Kommissar sprang auf.

»Tatsächlich!«, frohlockte er gleich darauf. »Eine der gespeicherten Nummern gehört einem Horst-Jürgen Matuschek aus Iserlohn.«

»Jetzt müssen wir nur noch herausfinden, was der in Iserlohn so treibt«, sagte die Kommissarin voll Eifer und setzte sich an ihren Computer, um schon mal herauszufinden, was über den Herren unter seinem Namen zu googeln war.

»Der Schaumann soll aber auch gleich beim dortigen Kriminalkommissariat Amtshilfe beantragen, dann geht das ruck, zuck!«, beschloss Doninger.

»Wieder ein paar Steinchen in unserem Mosaik!« Simone Mertens freute sich, wieder ein Stück weitergekommen zu sein.

»Wie haben wir als Kinder gesungen? *›Stein auf Stein, Stein auf Stein, das Häuschen wird bald fertig sein‹*, oder?«, zwitscherte die Sekretärin daraufhin.

»Wir bauen aber an einem Mosaik, gute Frau!«, wandte der Kommissar ein. »Aber schön singen können Sie, das muss man Ihnen lassen!«

»Zusammen mit Ihrer sonoren Stimme gäbe das ein tolles Duett«, meinte die Kommissarin lachend. »Es singt für Sie das Kriminalduo Ams & Doninger, ein musikalischer Genuss, den Sie sich nicht entgehen lassen sollten!«, feixte sie weiter.

»Könnte es sein, liebe Frau Mertens, dass Sie im Begriff sind, sich über eine überaus fleißige Sekretärin und einen langgedienten, erfolgreichen Kriminalbeamten lustig zu machen?«, fragte sie Doninger mit schelmischem Blick.

»Wo denken Sie hin!«, wehrte sich die Kollegin. »Ich habe nur die passende Ansage gemacht für das Duett, das jetzt hoffentlich folgt.«

»Ich besuche jetzt besser den Schaumann wegen Iserlohn.« Der Kommissar ging zur Tür. »Sie können inzwischen mit Frau Ams über unsere Gage verhandeln.«

Lachte und rauschte aus dem Zimmer.

32

Kurze Zeit später lagen die angeforderten Informationen und Daten auf dem Tisch, die im Großen und Ganzen das bestätigten, was Simone Mertens' Internetrecherche schon ergeben hatte. Horst-Jürgen Matuschek war vierzig Jahre alt und Mitinhaber der Werbeagentur Gundi Matuschek & Partner in Iserlohn. Bei Gundi Matuschek handelte es sich um die Ehefrau und Chefin der Firma, Horst-Jürgen war als Partner eingetragen.

»Gundi?«, wiederholte Melanie Ams. »Das ist aber ein ungewöhnlicher Name!«

»Passt doch gut zu Horst-Jürgen!«, entfuhr es etwas heftig dem Kommissar. »Der Name ist auch nicht gerade geläufig, oder?«

»Gundi könnte vielleicht von Gundula abstammen. Eine Tante von mir heißt so«, meinte Simone Mertens.

»Ach, die Arme!«, murmelte Doninger diesmal eher leise vor sich hin.

»Gundi – dazu hab ich jetzt auch was im Internet gefunden!«, frohlockte die Sekretärin nach einer Weile.

»Und was steht da?«, wollte die Kommissarin wissen.

»Gundi ist ein seltenes, hellbraunes Nagetier. Es ähnelt einem Meerschweinchen und lebt in den Felsregionen am Rand der Wüste Sahara in Afrika«, las Melanie Ams vor.

»Noch nie davon gehört«, gestand Simone Mertens.

»Wird auch ›Kammfinger‹ genannt, weil das Tier an den beiden mittleren Zehen der Hinterfüße einen Borstenkamm hat«, las die Sekratärin weiter.

»Wer hat an den Hinterfüßen einen Borstenkamm?«, platzte Kriminalrat Schaumann plötzlich in die Vorlesung.

»Sie nicht!« Doninger lachte und erklärte dann: »Die Damen bilden sich gerade übers Internet weiter.«

»Eine Weiterbildung hat noch niemandem geschadet«, stellte der Kriminalrat fest.

»Apropos Weiterbildung«, kam er dann auf den eigentlichen Grund seines Kommens zu sprechen, »wie weit sind wir im Mordfall Pauler? Haben sich die Kollegen in Iserlohn gemeldet?«

»Die gesuchte Person ist identifiziert, wir können zugreifen!«, erklärte der Kommissar forsch.

»Sind Sie denn wahnsinnig?« Der Kriminalrat wurde aufbrausend. »Und wenn es sich im Nachhinein herausstellen sollte, dass er mit dem Mord nichts zu tun hat, sind wir blamiert!«

Doninger blieb ungerührt. »Ich bin felsenfest davon überzeugt, dass wir den Richtigen haben. Wir brauchen nur noch einen DNA-Vergleich.«

»Sag ich doch, nach eins kommt zwei!«, posaunte Schaumann. »Und zwar genau in der Reihenfolge, erst der DNA-Test, dann sehen wir weiter! Also, an die Arbeit!«

»Ich werde doch meinen Posten in Rastatt nicht aufs Spiel setzen«, nuschelte er vor sich hin, als er aus dem Zimmer rauschte.

»Was hat er da in seinen nicht vorhandenen Bart gemurmelt?«, wollte der Kommissar wissen.

»Irgendwas von Rastatt«, meinte Melanie Ams.

»Aha, daher weht der Wind! Der Herr Kriminalrat fürchtet mal wieder um seinen Posten in Rastatt.« Doninger grinste.

»Und da wir ihm alle den Chefsessel dort gönnen, werden wir uns jetzt zuerst um den DNA-Test kümmern, bevor wir den Vogel einfangen, nicht wahr?«, fragte die Kommissarin in die verbliebene Runde.

»Sehr wohl, euer Ehren!« Der Kommissar nickte und lächelte vielsagend zu Melanie Ams hinüber.

Nun galt es einen unauffälligen Weg zu finden, an die notwendige DNA-Probe von Horst-Jürgen Matuschek zu gelangen, um sie mit den vorhandenen Spuren auf dem Taschentuch und denen in der Jagdhütte zu vergleichen.

»Wenn wir ihn zu einem Speicheltest vorladen, riecht er sicher Lunte und macht sich aus dem Staub«, gab der Kommissar zu bedenken.

»Ich hab da so eine Idee«, sagte Simone Mertens. »Wie wäre es, wenn die Kollegen in Iserlohn ihn zu einer Zeugenvernehmung vorladen und ihm ein Getränk nach Wunsch spendieren würden – und so nebenbei an die gewünschten DNA-Spuren kämen.«

»Die Idee ist hervorragend«, lobte der Kollege. »Als Grund für die Vorladung geben wir an, dass routinemäßig alle Personen befragt werden, deren Telefonnummern auf Paulers Handy gefunden wurden. Da dürfte er keinen Verdacht schöpfen.«

»Zumal er sich bestimmt sicher fühlt, weil er am Tatort keine Spuren hinterlassen hat«, bestätigte die Kommissarin.

»Verbinden Sie mich mit den Kollegen in Iserlohn, Frau Ams!«, rief Doninger. »Hoffen wir, dass alles klappt!«

»Wir kriegen das hin!«, machte ihm die Sekretärin Mut, wobei sich der Kommissar nicht ganz sicher war, ob sie den DNA-Test meinte oder nur die Telefonverbindung.

Die Kommissare hatten Glück. Ihre Strategie ging auf. Der von ihnen verdächtigte Horst-Jürgen Matuschek erschien auf dem Iserlohner Kommissariat und machte wie gewünscht seine Angaben im Fall Pauler. Er bestätigte die Bekanntschaft zu dem toten Jagdkameraden, schilderte, wie er ihn kennen gelernt hatte und dass er mehrmals bei ihm zu Besuch war. Über die Umstände, die zu seinem Tod führten, konnte er, wie zu erwarten war, keine Angaben machen. Zur fraglichen Zeit war er laut vorgelegtem Fahrtenbuch beruflich in Frankfurt unterwegs gewesen. In aller Ruhe trank er den Kaffee aus, den ihm die Beamten angeboten hatten, wünschte einen schönen Tag und schlenderte gemütlich von dannen.

»Die Unschuld in Person«, so berichtete es einer der Iserlohner Kollegen nach Baden-Baden.

»Warten wir die DNA-Probe ab«, bekam er zur Antwort.

»Jetzt haben wir ihn!«, frohlockte Hauptkommissar Robert Doninger, als er das Ergebnis der DNA-Analyse schwarz auf weiß vor sich liegen sah.

Die Spuren auf dem gefundenen Taschentuch vom Hochkopf sowie die aus der Jagdhütte stimmten mit denen auf der benutzten Kaffeetasse überein. Alle drei waren ein und derselben Person zuzuordnen: Horst-Jürgen Matuschek! Er musste also mindestens im Fall des Moorknaben am Tatort gewesen sein.

Außerdem waren die Iserlohner Kollegen auch in anderer Hinsicht fündig geworden. Im Fall mit der Moorleiche hatte ein Geländewagen eine Rolle gespielt. Nachforschungen ergaben: Auf den Verdächtigen war ein VW Amarok DoubleCab zugelassen. Das passte genau ins Bild! Des Weiteren war das Fahrzeug zur fraglichen Zeit nach einem angeblichen Wildunfall in einer Werkstatt in der Nähe zur Reparatur gewesen.

»Nach eins kommt zwei!«, zitierte Doninger den Kriminalrat, als er mit den neuesten Erkenntnissen in dessen Büro stürmte. »Und eins ist erledigt!«

»Und für zwei werde ich umgehend sorgen, lieber Doninger, den Vogel fangen wir uns jetzt!« Schaumann fuhr wie elektrisiert aus seinem Stuhl hoch. »Ich werde sofort mit der Staatsanwältin Mayerhofer sprechen, damit sie uns einen Haftbefehl beim zuständigen Haftrichter besorgt.«

Sprach's und rauschte hinaus. Die immer aussichtsreicher werdenden Chancen auf den Posten in Rastatt schienen ihm Flügel zu verleihen.

»Kommt ein Schaumann geflogen …«, trällerte der Kommissar in Abwandlung eines bekannten Volkslieds vor sich hin, als er in sein Büro zurücktrottete.

33

In Anbetracht der ziemlich erdrückenden Indizien war der Haftbefehl umgehend ausgestellt worden. Horst-Jürgen Matuschek fiel aus allen Wolken, als die Polizeifahrzeuge vor der Werbeagentur aufkreuzten, die Beamten den Haftbefehl vorwiesen, ihm Handschellen anlegten, ihn seiner Rechte belehrten und ihn in den Fond eines der Autos verfrachteten.

»Ab nach Karlsruhe!«, hieß es dann.

Wenn Doninger jetzt mit im Auto gesessen wäre, hätte er dem Verhafteten bestimmt erklärt, dass die Aufforderung »Ab nach Karlsruhe!« ihn an den ziemlich geläufigen Spruch »Ab nach Kassel!« erinnere. Und er hätte vom deutsch-französischen Krieg 1870/71 erzählt und von der Gefangennahme Napoleons III. und dessen Abtransport auf Schloss Wilhelmshöhe bei Kassel. Und wenn der Matuschek dann, wie zu erwarten, immer noch unwissend dreingeschaut hätte, wäre Doninger nicht darum verlegen gewesen, ihm auch den Rest der Geschichte aufzutischen. Und er hätte ihm von der berühmten Karikatur erzählt, auf der dieser Abtransport zu sehen ist und wo Bismarck und Moltke auf den Wegweiser mit der Aufschrift »Kassel« zeigen. Und dann noch von der Bildunterschrift, auf der eben jener Spruch zu lesen ist: »Ab nach Kassel!«

Und wehe, der arme Mann hinten im Fond hätte dann immer noch den Unwissenden gespielt und gefragt, wer um Himmels willen denn Bismarck und Moltke gewesen seien, der Kommissar hätte keine Gnade gekannt und ihn auch über diese beiden Persönlichkeiten und deren geschichtliches Umfeld aufgeklärt.

Aber zu seinem Glück oder Unglück, wie man's nimmt, saß Doninger nicht mit im Auto. So konnte sich Horst-Jürgen Matuschek in aller Ruhe gedanklich auf die zu erwartende Untersuchungshaft in der Justizvollzugsanstalt Karlsruhe vorbereiten.

Dieses Mal fuhren die beiden Baden-Badener Kommissare auf der B 500 nicht in das Höhengebiet des Schwarzwalds hinauf, sondern in die entgegengesetzte Richtung ins Rheintal hinaus, bis sie in der Gegend von Iffezheim rechts auf die B 36 einbogen.

»Ich kenne mich hier nicht so gut aus wie Sie, aber wären wir über die A 5 nicht schneller in Karlsruhe?«, fragte Simone Mertens leise an.

»Vielleicht, vielleicht auch nicht!«, orakelte Doninger. »Auf der Strecke sind des Öfteren Baustellen und Staus, und gemütlicher ist es auf der B 36 allemal!«

»Iffezheim!«, las die Kommissarin auf einem Straßenschild. »Ist das nicht der Ort mit den Pferderennen?«

»Ja, da trifft sich schon seit 1858 die Hautevolee aus nah und fern«, antwortete der Kommissar.

»Gehe ich recht in der Annahme, dass Sie kein Fan davon sind?«, fragte Simone Mertens.

»Bingo!«, gab Doninger zu. »Ich mag Pferde, aber lieber auf der Koppel und ohne die feine Gesellschaft drumherum!«

»Hautevolee, das kommt sicher aus dem Französischen, oder?«, wollte die Kommissarin noch wissen.

»Genau! Hier im Grenzgebiet sind viele französische Begriffe geläufig. Das hängt auch mit der Besatzungszeit nach dem Krieg zusammen.« Nach einer Weile fragte Doninger: »Waren Sie schon mal bei einem Pferderennen?«

»Nein, das nicht, aber als Kind habe ich einmal bei einem Springreiten zugeschaut«, berichtete Simone Mertens und bei der Erinnerung musste sie schmunzeln. »Damals hat ein Pferd vor einem Hindernis gescheut, und der Reiter ist allein auf der anderen Seite gelandet.«

»Und? Hat er sich wieder aufgerappelt?« Der Kommissar klang fast besorgt.

»Ja, er hatte Glück, die Knochen waren noch heil!«, war die beruhigende Antwort.

Als sie Ötigheim passierten, betätigte sich Doninger erneut als Fremdenführer.

»Hier finden schon seit 1906 die bekannten Ötigheimer Volksschauspiele auf einer imposanten Freilichtbühne statt«, fing er an. »Als ich zehn oder elf war, habe ich hier mal ›Die Nibelungen‹ gesehen. Der *Hagen von Tronje*, der in diesem Stück den Helden *Siegfried* mit einem Speerwurf getötet hat, stand ganz in meiner Nähe. Ich weiß noch, ich wäre ihm am liebsten an den Kragen gegangen, so eine Wut hatte ich!«

»Sind Sie wahnsinnig? Der hätte Sie vielleicht auch noch umgebracht!«, tat Simone Mertens entsetzt.

Der Kommissar erinnerte sich noch genau an die Szene. Als Kind war es für ihn damals unerklärlich gewesen, wie es dieser Kerl fertig bringen konnte, den heldenhaften Siegfried, der sich gerade an einer Wasserquelle erquickte, heimtückisch und hinterrücks zu ermorden. Vielleicht war er deswegen Kriminalkommissar geworden, wer weiß?

»Diese Volksschauspiele wurden übrigens von einem Pfarrer ins Leben gerufen«, erklärte er weiter, »der hieß Josef Saier und war der Sohn eines Schwarzwaldbauern aus Kirchzarten. 1905 wurde er Ortsgeistlicher von Ötigheim, es war seine erste Pfarrstelle.«

»Sie sind wirklich ein wandelndes Lexikon!«, stellte die Kommissarin fest.

»Nee, das ist zu viel des Lobes!«, wehrte Doninger ab. »Aber was mich interessiert, kann ich mir gut merken.«

Die Zeit verging wie im Flug, und ehe sie es sich versahen, waren die Kommissare in Karlsruhe angekommen und standen in der Weststadt vor dem imposanten Gebäude der JVA. Das Bauwerk, das von 1894 bis 1897 unter dem damaligen Oberbaudirektor Josef Durm errichtet worden war, wie Doninger zu berichten wusste, sah von außen eher wie ein Museum aus.

»Also dann, sehen wir uns den Horst-Jürgen Matuschek mal aus der Nähe an!«, flüsterte der Kommissar Simone Mertens zu, als sie den Vernehmungsraum betraten.

»Was wirft man mir vor?«, ging der Verdächtige gleich in die Offensive.

»Hat man Ihnen das bei der Verhaftung nicht gesagt?«, fragte Doninger zurück.

»Ja, schon, aber ich war das nicht«, behauptete sein Gegenüber.

»Den Spruch kenne ich«, sagte der Kommissar, »aber wir haben genug Fakten, die gegen Sie sprechen.«

Dann zählte er auf, was die Ermittlungen bisher ergeben hatten, vor allem die DNA-Analyse vom Tatort, die ziemlich eindeutig auf eine Täterschaft Matuscheks im Fall des Moorknaben schließen ließ.

»Wollen Sie keinen Anwalt hinzuziehen?«, bot Simone Mertens an.

»Warum denn? Ich bin unschuldig.« Der Mann blieb hartnäckig.

»War ja auch nur ein Angebot«, entgegnete die Kommissarin lächelnd.

Doninger versuchte es noch einmal: »Guter Mann«, sagte er, »nach meinen bisherigen Erfahrungen fällt das Strafmaß bei einem frühen Geständnis meistens milder aus, als wenn es erst nach einem langen Indizienprozess schließlich doch noch erfolgt.«

»Überlegen Sie sich das gut. Die Sachlage ist völlig eindeutig, die Staatsanwaltschaft wird so oder so Anklage erheben.« Auch Frau Mertens wollte dem Verdächtigen klarmachen, wie aussichtslos weiteres Leugnen war.

»Wir haben Zeit!«, meinte Doninger und stand auf. »Vielleicht wollen Sie ja doch einen Anwalt.«

Beim zweiten Verhör wartete Horst-Jürgen Matuschek mit einer neuen Strategie auf. Mit einem Teilgeständnis hoffte er, einigermaßen glimpflich aus der ganzen Sache herauszukommen.

»Hören Sie ...«, begann er seine Verteidigungsrede, immer noch ohne Anwalt, »... das war alles eine Verkettung unglücklicher Umstände, in die ich da hineingeschlittert bin. Ich habe den Jungen nicht umgebracht, der ist mir einfach vors Auto gelaufen!«

»Und dann haben Sie ihn im Hochmoor entsorgt«, setzte der Kommissar seinen Bericht fort.

»Was sollte ich denn tun? Ich hab durchgedreht! Da liegt ein Toter vor mir! Ich wäre doch geliefert gewesen!«, jammerte Matuschek.

»Warum haben Sie denn keine Hilfe herbeigerufen?«, wollte die Kommissarin wissen.

»Warum wohl?«, zeterte der Mann außer sich. »Ich hatte doch beim Pauler Heiner einiges an Wein gebechert! Da wäre auch noch der Führerschein weg gewesen. Den brauche ich beruflich. Ich wär erledigt gewesen. Sie kennen meine Frau nicht!«

»Noch nicht«, bestätigte Doninger, »aber wir werden bestimmt noch ihre Bekanntschaft machen.«

»Sie müssen doch zugeben, dass ich in dem Augenblick nicht zurechnungsfähig war, dass ich gar nicht wusste, was ich tat!«, rief Matuschek.

»Das müssen andere beurteilen«, erklärte ihm der Kommissar. »Wir nehmen nur Ihr Geständnis auf. Und das haben Sie ja gerade abgelegt.«

»Aber es war ein Unfall!«, beharrte Horst-Jürgen Matuschek.

»Ja, zunächst schon!« So weit gab Simone Mertens ihm Recht. »Und wenn Sie Hilfe geholt hätten, hätte der Junge wahrscheinlich noch eine Chance gehabt!«

»Aber ich dachte doch, er wäre bereits tot!«, schrie der Mann.

»Er ist erst beim Transport an Erbrochenem erstickt«, klärte ihn die Kommissarin auf.

Sie merkte, wie ihr Gegenüber in sich zusammenfiel. In diesem Augenblick tat ihr der Mann fast leid.

»Und Ihr Jagdkamerad wusste davon oder er kam Ihnen auf die Schliche, deshalb musste er sterben. War es so?«, bohrte der Kommissar nach.

»Ich sage nichts mehr!«, wimmerte der Verdächtige. »Kein Wort mehr ohne einen Anwalt!«

»Also doch!«, meinte Doninger vielsagend. »Das nächste Mal also mit Anwalt!«

Auf der Heimfahrt war es ziemlich still im Auto. Beide hingen ihren Gedanken nach. Zum Singen war dem Kommissar diesmal nicht zumute. Dafür überlegte er, mit welcher Taktik er den Untersuchungshäftling zum »Singen« bringen konnte.

»Wie wäre es, wenn wir vor der nächsten Vernehmung erst einmal mit seiner Frau reden würden?«, fragte Simone Mertens in seine Überlegungen hinein. »Wir könnten dabei in Erfahrung bringen, wie der Mann tickt. Frauen haben dafür ein gutes Gespür.«

»Kommt da mal wieder die Kriminalpsychologin in Ihnen zum Vorschein?«, fragte Doninger schelmisch. »Aber Sie haben Recht!«, stimmte er der Kollegin dann schnell zu. »So ein Gespräch könnte für die weiteren Vernehmungen nützlich sein. Wir werden uns mit ihr treffen.«

34

»Jetzt wird mir einiges klar!«, stellte Gundi Matuschek fest, als sie von den Baden-Badener Kommissaren erfahren hatte, was ihrem Mann alles zur Last gelegt wurde. Sie war inzwischen ihrem Mann nachgereist und hatte sich in einem Karlsruher Hotel einquartiert. Von dort aus war es für sie nur ein Katzensprung nach Baden-Baden.

»Warum hat er nie mit mir darüber gesprochen?«, fragte sie und schüttelte dabei den Kopf. »Warum nur?«

»Vielleicht hatte er Angst vor Ihrer Reaktion?«, antwortete die Kommissarin, die daran dachte, was der Beschuldigte bei der zweiten Vernehmung über seine Frau gesagt hatte. »Sie kennen meine Frau nicht!«, klang es ihr noch in den Ohren.

»Vielleicht bin ich zu streng, mag sein, aber schließlich bin ich in erster Linie Geschäftsfrau!«, sagte die Matuschek. »Privates darf da keine Rolle spielen.«

Im weiteren Gespräch räumte die Ehefrau ein, in letzter Zeit ihren Mann ziemlich unter Druck gesetzt zu haben.

»Aber ich konnte ja nicht ahnen, was hinter seinem Verhalten steckt!«, versuchte sie sich zu rechtfertigen. »Ich merkte nur, wie er sich immer mehr in Lügen verstrickt hat.«

Und dann erzählte sie den Kommissaren, wie sie in den letzten Wochen des Öfteren in Streit geraten seien, wie ihr Mann immer unzuverlässiger und verschlossener geworden sei und zuletzt zweimal jeweils 20 000 Euro vom Firmenkonto abgehoben habe.

»Er habe das Geld gebraucht, um Werbeaufträge an Land zu ziehen, hat er gefaselt. Aber das hatten wir doch gar nicht nötig. Wir sind ausgebucht bis unters Dach! Der hat mich doch glatt angelogen. Da ist mir der Kragen geplatzt! Wie ich bereits sagte, ich bin in erster Linie Geschäftsfrau, alles andere kommt danach«, erklärte Frau Matuschek noch einmal mit Nachdruck. »Können Sie das verstehen?«

»War Ihr Mann in letzter Zeit im Schwarzwald?« Ohne auf ihre Frage einzugehen, lenkte der Kommissar das Gespräch in eine andere Richtung.

»Sie meinen in der Jagdhütte von Heinrich Pauler?«, schnaubte die Frau, die sich erst wieder beruhigen musste.

»Zum Beispiel«, entgegnete Doninger, »oder sonst wo in der Gegend.«

»Er hat es immer geleugnet«, sagte Gundi Matuschek, »aber im Frühjahr muss etwas vorgefallen sein. Bald danach hat er mir mal erzählt, dass es mit der Freundschaft aus sei und der ganze Schwarzwald ihm gestohlen bleiben könne. Aber ich weiß nicht, zwei- oder dreimal war er mit fadenscheinigen Argumenten längere Zeit weg. Geschäftlich, wie er sagte. Aber das war nicht geschäftlich, da bin ich mir sicher!«

»Er könnte also durchaus dort gewesen sein«, fasste Simone Mertens zusammen.

Frau Matuschek nickte.

»Wie geht es jetzt weiter?«, meinte sie dann und sah die beiden Beamten fragend an.

»Wir werden Ihren Mann weiter verhören. Wir sind überzeugt, dass er mit dem Tod des Heinrich Pauler eine Menge zu tun hat«, machte Doninger ihr klar.

»Ich werde unseren Anwalt einschalten«, sagte Gundi Matuschek entschlossen und stand auf.

»Vielen Dank, dass Sie zu uns gekommen sind!«, bemerkte die Kommissarin noch, als die Frau schon in Richtung Tür schritt.

»Keine Ursache! Karlsruhe liegt ja nicht weit weg!«, kam es energisch zurück. Sagte es und rauschte hinaus.

Der Kommissar war beeindruckt.

»Die weiß, was sie will«, brummte er vor sich hin.

Die nächsten zwei Tage waren ausgefüllt mit weiteren Ermittlungen. So wurden die Termine der Barabhebungen vom Iserlohner Konto mit denen der Bareinzahlungen Paulers in

Bühlertal verglichen. Außerdem war Simone Mertens mit einem Foto Matuscheks nochmals in der Nachbarschaft des Opfers unterwegs. Mit etwas Glück konnte sich jemand daran erinnern, den Mann in der fraglichen Zeit dort gesehen zu haben. Auch bei der Verkehrspolizei wurde nachgefragt. Vielleicht war Matuschek bei einer Verkehrskontrolle aufgefallen? Auch die Tankstellen und Raststätten wurden überprüft.

Nicht alle Bemühungen waren von Erfolg gekrönt. Das hatten die ermittelnden Beamten auch nicht erwartet. Trotzdem hatte sich der Einsatz gelohnt.

Die Einzahlungen waren tatsächlich immer wenige Tage nach den Barabhebungen erfolgt. Die Beträge stimmten zwar nicht überein, denn es wurden nach und nach jeweils Teilbeträge bar eingezahlt. Aber diese Vorgehensweise passte durchaus ins Bild. Der in Geldnöten steckende Heinrich Pauler hatte seinen Jagdkollegen erpresst, war dabei aber vorsichtig zu Werke gegangen. Bei einer Übereinstimmung der Summen wäre ihm die Erpressung allzu leicht nachzuweisen gewesen.

Die Kommissarin hatte richtig Glück. Zwei der Nachbarn konnten sich anhand des gezeigten Fotos erinnern, Horst-Jürgen Matuschek in der fraglichen Zeit gesehen zu haben.

»Er ist mir aufgefallen, weil ich an dem Tag gerade den Heckenschnitt zusammenkehrte und er über den Haufen stolperte«, sagte der unmittelbare Nachbar des Jägers aus.

Auch die alte Dame, die Simone Mertens bei der letzten Befragung einen Tee angeboten hatte, konnte sich an den Mann erinnern.

»An dem Tag habe ich die Fenster geputzt. Der muss eine Stinkwut haben, dachte ich mir, als ich ihn aus dem Haus stürmen sah. Dabei ist er auf der Treppe gestolpert und konnte sich gerade noch am Geländer festhalten«, berichtete sie.

Die Befragungen an den Tankstellen und Raststätten waren negativ ausgegangen. Dafür konnte die Verkehrspolizei einen Volltreffer vermelden. Horst-Jürgen Matuschek war auf dem Autobahnzubringer kurz vor Bühl in einer 70er-Zone zu schnell gefahren und geblitzt worden. Er hatte 95 Stundenkilometer auf dem Tacho.

»Sauber! Ein Beweis mit Datum und Foto, was will man mehr?«, sagte der Kommissar zufrieden.

»Aber da sitzt doch eine Frau mit im Auto?«, rief Simone Mertens verwundert und sah sich das Bild genauer an. »Wenn es sich um keine Fata Morgana handelt, ist das eindeutig die Matuschek!«, behauptete sie.

»Halt ich's aus! Das ist die taffe Ehefrau!«, sagte der Kommissar und schüttelte den Kopf. »Uns spielt sie die unwissende Gattin vor, und am Tag des Mordes sitzt sie neben ihrem Mann im Auto. Was für ein Zufall!«

Der Kommissar konnte sich kaum beruhigen. Die Dame hatte hervorragend geschauspielert und ihn glatt um den Finger gewickelt. Er war in seiner Ermittlerehre gekränkt.

»Sie wollte doch einen Anwalt einschalten, hat sie uns erklärt«, meinte seine Kollegin.

»Und den wird nicht nur ihr Ehemann brauchen«, sagte der Kommissar.

»Heute nageln wir die beiden Unschuldslämmer fest!«, war sich Doninger sicher, als er mit seiner Kollegin erneut auf dem Weg nach Karlsruhe war.

Sie hatten aufgrund der neuen Erkenntnisse auch Gundi Matuschek zur Vernehmung vorgeladen. Allein ihre Anwesenheit würde den Ehemann verunsichern. Vielleicht verplapperte er sich.

»Die Beweislage ist erdrückend«, meinte Simone Mertens. »Mit dem Foto werden wir sie überführen.«

»Das wird ein richtiger Überraschungscoup«, sagte der Kommissar und freute sich schon diebisch auf die verdutzten Gesichter des sauberen Pärchens.

An diesem Tag fuhren sie auf der Autobahn in die badische Metropole. Das Navi hatte keine Staus gemeldet. Bei dem hohen Verkehrsaufkommen auf der dreispurigen Fahrbahn musste sich der Kommissar derart konzentrieren, dass für geografische oder geschichtliche Vorträge kein Raum blieb.

»Nicht einmal ein Liedchen heute?«, wunderte sich die Kollegin.

»Nee, heute genügt es, wenn der Matuschek und sein Täubchen singen«, antwortete Doninger. »Zwei Arien oder ein Duett oder beides«, meinte er noch und grinste vielsagend.

Im Vernehmungsraum saß diesmal, wie angekündigt, Rechtsanwalt Dr. Tiefenbacher neben dem Untersuchungshäftling und seiner Ehefrau.

»Also, auf ein Neues, Herr Matuschek, dieses Mal mit Anwalt!«, begann der Hauptkommissar mit dem Verhör. »Sie wollten uns noch erzählen, wie Ihr Jagdkamerad Sie erpresste. Wir haben die Belege für Ihre Barabhebungen vom Geschäftskonto und die Einzahlungen des Herrn Pauler.«

»Damit kommen Sie nicht weit.« Der Anwalt erhob sofort Einwände. »Die Beträge stimmen laut den Unterlagen nicht überein.«

»Wo ist dann das Geld geblieben?«, fragte daraufhin die Kommissarin. »Es handelte sich immerhin um zweimal 20 000 Euro.«

»Haben Sie eine Ahnung, wie schwierig es ist, die richtig lukrativen Werbeaufträge zu bekommen? Da muss man manchmal etwas nachhelfen«, erklärte Matuschek.

»Dabei ist die Firma doch ausgebucht bis unters Dach, wie uns Ihre Frau versicherte«, überlegte Doninger laut.

Simone Mertens sah Horst-Jürgen Matuschek genau an. Sie bemerkte, wie er bei Doningers Aussage leicht zusammenzuckte und verunsichert wirkte. Und diesen Eindruck hatte sie nicht das erste Mal. Diese Unsicherheit war bei ihm immer zu spüren, sobald von seiner Frau die Rede war.

»Sie kennen meine Frau nicht!«, klang es ihr seit der zweiten Vernehmung im Ohr.

»Sie haben darüber mit meiner Frau gesprochen?«, fragte er ungläubig.

»Nicht nur das, wir haben in einem Container auf Hundseck auch die Mordwaffe gefunden, mit der Ihr Jagdfreund niedergeschlagen wurde«, sagte Doninger, »und da sind Spuren daran.«

»Ich hab den Stein nicht ange...!«, schrie Matuschek und hielt plötzlich erschrocken inne.

»Du bist doch die Dummheit in Person!«, keifte seine Frau und sprang auf. »Dümmer, als die Polizei erlaubt!«

Bevor sie handgreiflich werden konnte, war Doninger ebenfalls aufgesprungen und hatte sie auf ihren Stuhl zurückgedrängt. Dann wandte er sich wieder ihrem Gatten zu.

»... nicht angefasst, wollten Sie sagen, nicht wahr?«, ergänzte der Kommissar den Satz. »Richtig, das haben wir auch nicht behauptet«, fuhr er fort und sah zu seiner Kollegin hinüber.

»Wer hat denn gesagt, dass es sich bei der Mordwaffe um einen Stein handelt?«, wollte Simone Mertens wissen.

»Hat das der Kommissar nicht eben erwähnt?«, versuchte Matuschek sich herauszureden.

»Von einem Stein war nie die Rede«, belehrte ihn Doninger, »aber es war tatsächlich ein Stein, und Sie wissen das!«

»Aber ich habe ihn nicht angefasst!«, versicherte Matuschek immer wieder.

»Aber vielleicht Ihre Frau?«, meinte Simone Mertens und verunsicherte den Verdächtigen noch mehr.

»Lassen Sie meine Frau aus dem Spiel. Sie hat damit nichts zu tun!«, zeterte er.

»Wie kommt es dann, dass sie an Paulers Todestag mit Ihnen zusammen im Auto saß?« Mit diesen Worten zog der Kommissar sein Trumpf-Ass aus der Tasche.

»Ihr Pech! Sie sind auf dem Weg nach Bühlertal wegen Geschwindigkeitsüberschreitung geblitzt worden«, sagte seine Kollegin, als er das Beweisbild auf den Tisch legte. »Mit Datum und Uhrzeit«, fügte sie hinzu. »Der Bußgeldbescheid müsste Ihnen doch längst zugegangen sein.«

Doninger legte nach: »Und außerdem haben einige Zeugen Sie in Bühlertal gesehen.«

»Kann ich mit meinen Mandanten allein sprechen?«, mischte sich nun der Anwalt ein und erhob sich eilig.

»Einverstanden, machen wir eine Viertelstunde Pause«, antwortete der Kommissar.

Als die Ermittlungsbeamten in den Vernehmungsraum zurückkamen, saß Frau Matuschek gar nicht mehr so taff da, wie sie beim ersten Gespräch gewirkt hatte. Ihre Selbstsicherheit schien einen gehörigen Dämpfer abbekommen zu haben.

Trotzdem klang ihre Stimme fest und entschlossen, als sie die Ereignisse an dem besagten Tag schilderte.

»Ich werde jetzt reinen Tisch machen«, hatte sie angekündigt, »vielleicht wirkt sich das strafmildernd auf das Urteil aus.«

Dazu hatte ihr wohl der Anwalt geraten.

Ihr Bericht begann damit, dass ihr Mann Horst-Jürgen ihr gestanden hatte, die 40 000 Euro vom Firmenkonto an Heinrich Pauler gezahlt zu haben. Dieser hatte nach den Presseberichten über den Tod des Moorknaben zwei und zwei zusammengezählt und war seinem Jagdfreund auf die Schliche gekommen. Nach einem gemeinsamen feuchtfröhlichen Abend hatte er dann völlige Gewissheit und fing mit den Erpressungen an. Zuerst waren es nur 10 000 Euro, die Matuschek von seinem Ersparten nahm. Dann steigerten sich die Forderungen.

Als das Firmenkonto in Anspruch genommen wurde, zog Gundi Matuschek die Reißleine. In dieser Beziehung verstand sie keinen Spaß.

»Entweder bringst du den Kerl zur Vernunft oder ich gehe zur Polizei!«, hieß das Ultimatum.

Um der Sache Nachdruck zu verleihen, fuhr sie mit. Sie wollte zunächst im Auto sitzen bleiben. Nach dem vergeblichen Versuch ihres Mannes in Bühlertal, Heinrich Pauler dazu zu bewegen, sich mit dem bisher erpressten Geld zufrieden zu geben, platzte ihr der Kragen. Ihr war klar, jetzt musste sie das Heft in die Hand nehmen.

Ihr Mann hatte ihr erzählt, dass der Erpresser am Abend zum Hochsitz auf Hundseck wollte. Erstmals hatte er ihr auch die Spielsucht seines ehemaligen Freundes gestanden.

»Den werde ich mir vorknöpfen!«, sagte sie wild entschlossen.

»Und das haben Sie dann getan«, meinte der Kommissar sarkastisch.

»Ich wollte ihn nicht totschlagen!«, erklärte Gundi Matuschek. »Ich wollte ihm nur eine Lektion erteilen und ihm klarmachen, dass er mit uns so nicht umspringen kann.«

»Aber statt der Klarheit wurde es dann Nacht um ihn«, resümierte Simone Mertens.

»Und dann wollten sie mit dem Umsägen des Hochsitzes die Tat den Tierschützern in die Schuhe schieben, was?«, fragte Doninger etwas angesäuert.

»Ja, das war der Beitrag meines Mannes«, bekam er als Antwort. »Er konnte ja nicht nur untätig im Auto sitzen bleiben, oder?«, fügte sie hinzu und zeigte sich bereits wieder von ihrer angriffslustigen Seite.

»Und dann haben Sie die Mordwaffe, also den Stein, wie wir wissen, in den Container geworfen«, sagte die Kommissarin.

»Das war ein Fehler! Ich war mir sicher, da sucht ihn niemand«, antwortete Frau Matuschek, »und sauber abgewischt hatte ich ihn auch! Dachte ich jedenfalls!«

»Tja, Pech gehabt! Einfach Pech gehabt!«, sagte Doninger. »Um den Rest wird sich die Staatsanwaltschaft kümmern.«

»Die haben wir schön weichgekocht«, sagte der Kommissar zu seiner Kollegin, als sie auf dem Weg zum Auto waren.

»Der Trick mit den Spuren auf dem Stein im Container war mehr als raffiniert«, meinte Simone Mertens. »Da haben Sie ganz schön geblufft!«

»Aber gelogen habe ich nicht«, wehrte sich Doninger. »Ich meinte natürlich die Spuren vom Blut des Opfers, die noch vorhanden waren.«

»Trotzdem raffiniert«, sagte die Kommissarin. »Der Zweck heiligt die Mittel, würde jetzt mein Chef sagen«, fügte sie hinzu und lachte.

»Heute haben wir uns ein großes Feierabendbier verdient!«, sagte der Kommissar auf der Rückfahrt nach Baden-Baden erleichtert. »Der Fall ist gelöst, genauer gesagt, beide Fälle!«

»Und ein Kognak ist heute auch drin!«, meinte die Kollegin und grinste.

»Oder ein Kirschwasser!«, überlegte Doninger.

»Aber passen Sie auf, dass kein schlechtes darunter ist«, mahnte Simone Mertens und schmunzelte dabei, »wir wollen doch morgen kein Kopfweh haben!«

35

»Klappe zu, Affe tot!«, frohlockte Doninger, als er seine ungeliebte Schreibarbeit im Büro beendet hatte.

»Wer ist tot?«, fragte Melanie Ams ungläubig.

»Ein Affe!«, erklärte ihr Simone Mertens.

»Das ist nur so eine Redensart«, beruhigte sie der Kommissar, »die besagt so viel wie: Die Sache ist erledigt!«

»Und was hat das mit einem Affen zu tun?«, wollte die Sekretärin wissen, die wohl nicht gerade ihren besten Tag hatte.

»Das weiß keiner so genau«, meinte Doninger gutmütig und setzte zu einer ausführlichen Erklärung an. »Man vermutet, dass die Redewendung ursprünglich aus dem Schaustellergewerbe kommt. Die lockten früher mit einem Äffchen, das in einer Kiste hockte und Kunststücke vorführte, die Besucher an. War der Affe tot, blieb die Klappe zu und die Vorstellung fiel aus.«

»Das war vor unserer Zeit, nicht wahr, Frau Ams?«, bemerkte die Kommissarin und zwinkerte der Sekretärin zu.

»Genau! Das stammt aus der Sendung ›Was Großmutter noch wusste‹!«, lachte diese und hatte offensichtlich schon wieder zur alten Form zurückgefunden.

»Soll das eine Anspielung auf mein vorgerücktes Alter sein?«, tat Doninger entrüstet.

»Nein! Wo denken Sie hin!«, kam es im Duett zurück.

»Übrigens, meine Damen, es gab mal einen DDR-Schlager mit dem Titel ›Klappe zu, Affe tot‹, das war nach dem Mauerbau 1961.«

»Und wie ging der?«, fragte Melanie Ams interessiert.

»Keine Ahnung!«, gestand der Kommissar.

»Das gibt's doch nicht!«, wunderte sich Simone Mertens. »Unser Kommissar weiß mal etwas nicht!«

Doninger lachte. »Soll vorkommen!«, sagte er. »Aber ich weiß, dass ich mir heute Nachmittag frei nehme und vom

Mummelsee aus zur Hornisgrinde hochwandere. Kommen Sie mit?«

»Schade, ich muss für den Schaumann noch ein paar wichtige Papiere fertig machen!« Melanie Ams war enttäuscht.

»Ich würde mitgehen!«, sagte Simone Mertens. »Auf die Hornisgrinde wollte ich schon lange mal, aber ist das eine gute Idee, bei dem Nebel heute?«

»Lassen Sie sich überraschen, liebe Kollegin«, meinte da der Kommissar, »wir werden über den Wolken schweben.«

Hauptkommissar Doninger und seine Kollegin machten noch einen kleinen Umweg über Varnhalt und Bühl ins Laufbachtal, um die Frau des Kommissars mitzunehmen. So ganz nebenbei konnten sie bei der Gelegenheit auch noch einen Rucksack einladen, der ein paar Köstlichkeiten für die Kaffeepause nach dem Berganstieg enthielt.

»Auf geht's, die Expedition kann starten!«, rief der Kommissar, als sie ins Auto stiegen.

»Auf die Nebeltour bin ich gespannt!«, sagte Simone Mertens, die kaum die Straße erkennen konnte, wenn sie aus dem Fenster blickte.

»Lassen Sie sich überraschen!«, wiederholte Doninger seinen Ausspruch vom Morgen.

Und bestens gelaunt wegen der zu erwartenden Aussicht oben, begann er den bekannten Song von Reinhard Mey zu trällern: *»Über den Wolken muss die Freiheit wohl grenzenlos sein …«*

Als sie auf dem Bischenberg in die Straße einbogen, die sie hinauf ins Höhengebiet führte, schien es tatsächlich heller zu werden. Die Nebelschwaden verzogen sich, ein Stück blauer Himmel tauchte auf und plötzlich waren die Häuser von Brandmatt in strahlendem Sonnenlicht zu sehen.

»Und? Ist die Überraschung gelungen?«, fragte der Kommissar.

»Ich bin überwältigt«, antwortete die Kollegin. »Wer hätte das für möglich gehalten!«

»Diese Wetterlage kommt bei uns im Herbst oft vor«, erklärte Gabi Doninger, »unten eine Nebelsuppe und oben herrlicher Sonnenschein.«

»Warten Sie mal ab, wenn wir erst oben sind!«, ergänzte der Kommissar. »Den Blick über die Wolken ins Rheintal werden Sie nie vergessen.«

Und so war es dann auch. Der Kommissar hatte nicht zu viel versprochen! Nach dem steilen Anstieg vom Mummelsee aus hinauf zur Hornisgrinde – mit 1164 m der höchste Berg im Nordschwarzwald, wie Doninger seiner Kollegin als eifriger Fremdenführer mitteilte – war der geniale Ausblick mehr als nur Entschädigung für die etwas strapaziöse Wandertour. So weit das Auge reichte, ragten aus einem gigantischen Wolkenmeer einzelne Bergspitzen unter einem strahlend blauen Himmel hervor.

Simone Mertens musste unwillkürlich an das Lied denken, das der Kommissar vorher im Auto gesungen hatte. Hier war sie zu spüren, die grenzenlose Freiheit über den Wolken.

»Warm ist es hier oben«, meinte Gabi Doninger und zog ihren Anorak aus.

»So richtig gemütlich für eine Kaffeepause!«, meinte ihr Mann.

»Das ist ja eine wahre Schatzkiste!« Simone Mertens staunte, als Gabi Doninger den Rucksack auspackte.

Zwei Thermosflaschen mit Kaffee, Tassen, Teller, Löffel, Gabeln, ein Kännchen Milch, eine Zuckerdose und ein Becher mit Sahne kamen zum Vorschein und dann – eine Riesenschüssel mit köstlich duftenden Schneckennudeln!

»Extra für heute gebacken!«, erklärte die Frau des Kommissars stolz.

»Du bist ein Schatz!« Doninger strahlte. »Habe ich dir das schon mal gesagt?«

»Ich kann mich ganz entfernt daran erinnern«, erwiderte seine Frau lachend.

War das ein Fest! Eine herrliche Kaffeetafel in klarer Schwarzwaldluft unter strahlendem Himmel mit Blick über das weite Wolkenmeer bis hinüber zu den Gipfeln der Vogesen.

»Ist das herrlich!«, stieß Simone Mertens samt einem inbrünstigen Seufzer aus.

»Halt ich's aus! Die haben das gerochen!«, rief der Kommissar plötzlich. »Schaut mal, wer da kommt!«

Die beiden Frauen sahen in die Richtung, in die Doninger zeigte. Sie glaubten ihren Augen nicht zu trauen. Da kam doch Melanie Ams und in ihrem Schlepptau Kriminalrat Schaumann. Sie winkten schon von Weitem.

»Da kommen wir ja gerade im richtigen Augenblick«, strahlte der Kriminalrat, als er die gedeckte Tafel sah. »Ich hoffe, Sie haben uns noch was übrig gelassen!«

»Das wäre das erste Mal, dass ich zu wenig gekocht oder gebacken hätte, das müssten Sie doch wissen«, antwortete Gabi Doninger leicht spöttisch. »Schließlich sind wir solche Überraschungen gewohnt.«

»Aber wie haben Sie uns gefunden, noch dazu so schnell?«, fragte ihr Mann.

»Die Frau Ams hat den Lotsen gespielt, sie wusste, wo ich Sie finden kann«, erklärte Schaumann.

»Und wenn ein Kriminalrat kommt, wird sogar die Schranke für die Zufahrt hinauf geöffnet«, fügte die Sekretärin hinzu.

»Hoffentlich haben Sie keine Leiche im Kofferraum, die Sie entsorgen wollen!«, meinte Doninger. »Hier oben gibt's schließlich auch ein Hochmoor.«

»Keine Angst«, wehrte Schaumann ab, »aber ich habe zwei Neuigkeiten, mit denen ich einfach nicht warten konnte, bis Sie wieder im Büro sind.«

»Das müssen ja zwei Knaller sein, wenn Sie sich extra hierherbemühen!« Simone Mertens war sofort höchst interessiert.

»Und ob!« bestätigte der Kriminalrat. »Wir haben VIP-Karten vom TSV Freudenstadt für ein Volleyballturnier der U 16-Mädchen beim TV Bühl bekommen.«

»Das ist doch Alexias Mannschaft, stimmt's?«, rief die Kommissarin aufgeregt.

Der Kriminalrat nickte und fuhr fort: »Und jetzt kommt der größte ›Knaller‹, um Sie zu zitieren.« – Er machte eine dramatische Pause. – »Ich habe die Stelle in Rastatt bekommen. Ich leite dort ab dem nächsten Monat das vergrößerte Kriminalkommissariat!«

»Herzlichen Glückwunsch!«, bekam er darauf von allen Seiten zu hören.

»Na, ist das kein Grund zum Feiern?«, rief Schaumann bestens gelaunt. »Sie sind alle eingeladen. Ich habe unten im Mummelseehotel ab 18 Uhr einen Tisch reservieren lassen.«

Da blieb noch genügend Zeit, um bei diesem herrlichen Sonnenschein auf dem Hochplateau vom südlich liegenden Hornisgrindeturm aus dem Jahr 1910, wie Doninger wusste, hin zum noch älteren Bismarckturm auf der Nordseite des Bergrückens zu wandern.

Von der Aussichtsplatte oben konnten sie einen Blick hinüber auf den Hochkopfgipfel werfen, wo der Fall, an dem sie in den letzten Monaten gearbeitet hatten, begonnen hatte. Und hätten sie ein Fernglas dabeigehabt, vielleicht wären ihnen dort zwei Wanderer aufgefallen, die zumindest den beiden Kommissaren hätten bekannt vorkommen können.

»Die ideale Gegend, um eine Leiche verschwinden zu lassen«, sagte Sonja Muri zu ihrem Mann, als sie über den schmalen Weg des Hochplateaus wanderten.

Rechts und links lag die Feuchtheide des Hochkopfs mit dem tückischen Moorboden, typisch für die Grinden-Hochmoore des Nordschwarzwaldes.

»Mal den Teufel nicht an die Wand!«, rief Armin Muri erschrocken. »Das letzte Mal lag da wirklich eine Leiche. Weißt du das nicht mehr?«

»Und ob ich das noch weiß«, erwiderte seine Frau, »da begann doch die Geschichte vom Knaben im Moor.«

»Lass uns weitergehen!«, meinte ihr Mann. »Für Moorleichen bin ich heute nicht zu haben!«

36

Der Kriminalroman ist mit dem Kapitel 35 zu Ende. Statt des üblichen Anhangs am Schluss folgt hier das Kapitel 36 mit allem, was noch nachzutragen ist.

Da wären zunächst einmal die Rezepte, die Gabi Doninger der Kommissarin Simone Mertens versprochen hat. Sie dürfen natürlich auch von allen Leserinnen und Lesern nachgekocht werden. Schon beim Lesen ihrer Zubereitung würde dem Rechtsmediziner Dr. Richard Seifert das Wasser im Mund zusammenlaufen.

Hier das erste Rezept Gabi Doningers:

Badischer Sauerbraten

Zutaten:

1,5 kg Rinderbugfilet
1 l Spätburgunder
2 Zwiebeln
2 Karotten
¼ Knollensellerie
2 Lorbeerblätter
2 Nelken
2 TL Wacholderbeeren
2 TL Pimentkörner
1-2 EL Tomatenmark
Pfeffer, Salz

Vorbereitung:

- *Fleisch in eine Schüssel geben*
- *Zwiebeln schälen und halbieren*

- *Lorbeerblätter mit den Nelken auf die Zwiebel stecken*
- *Karotten und Sellerie schälen und würfeln*
- *alles zum Fleisch in die Schüssel geben*
- *Wacholderbeeren und Pimentkörner dazugeben*
- *den Wein darübergießen, das Fleisch sollte bedeckt sein*
- *die Schüssel mit Deckel ca. sieben Tage in den Kühlschrank stellen*
- *das Fleisch täglich wenden*

Zubereitung:

- *Fleisch gut abtrocknen*
- *von allen Seiten in Öl gut anbraten*
- *aus dem Topf nehmen, mit Pfeffer und Salz würzen*
- *das Gemüse abseihen und im Bräter anrösten*
- *Tomatenmark dazugeben und ebenfalls anrösten*
- *mit der Marinade ablöschen, das Fleisch dazugeben*
- *und ca. 1,5 Std. abgedeckt schmoren lassen*
- *den Braten herausnehmen und etwas ruhen lassen*
- *die Soße mit Salz und Pfeffer abschmecken, durch ein Sieb drücken*
- *nochmals abschmecken und kurz aufkochen*

Übrigens: Meistens kocht Gabi Doninger hiervon die doppelte Menge. Denn fast jedes Mal stehen Besucher vor der Haustür, wenn es dieses Gericht bei Doningers gibt.

Als ob sie den Braten gerochen hätten!

Und natürlich passen zu einem guten badischen Sauerbraten am besten Kartoffelklöße. Hier wieder Gabi Doningers Rezept:

Kartoffelklöße

Zutaten:

1500 g rohe Kartoffeln (mehlig)
750 g gekochte Kartoffeln (mehlig)
3 Eier
Salz
ca. 2 EL Speisestärke (Kartoffelstärke)

Zubereitung:

- *gekochte Kartoffeln (vom Vortag) reiben*
- *rohe Kartoffeln in leichtes Essigwasser reiben*
- *in einem dünnen Tuch gut ausdrücken und zu den gekochten Kartoffeln geben*
- *die Brühe abgießen, die verbliebene Stärke zur Kartoffelmasse geben*
- *mit Salz abschmecken*
- *die Eier und je nach Bedarf noch etwas Speisestärke dazugeben*
- *alles gut vermischen und zu Klößen formen*
- *Klöße in kochendes Salzwasser hineingeben*
- *Hitze reduzieren*
- *circa 20 Minuten (je nach Größe) leicht ziehen lassen (nicht kochen)*
  (Vorteilhaft ist es, zuerst einen Probekloß zu kochen)

Übrigens: Wenn jemand Klöße nicht so mag, passen auch gut breite Nudeln zum badischen Sauerbraten!

Tipp: Was zu diesem Gericht nicht fehlen sollte, ist eine große Schüssel mit Feldsalat (Ackersalat) oder Ritscherli, wie er im Badischen manchmal auch heißt. Wenn saisonbedingt keiner da ist, passt auch Kopfsalat gut dazu.

Guten Appetit!

Was außerdem noch zu sagen bleibt

Die Orte, Berge, Flüsse, Landschaften, die in diesem Schwarzwaldkrimi vorkommen, sind allesamt nicht erfunden, auch wenn beispielsweise das Hochmoor in Wirklichkeit nicht ganz so gefährlich ist, wie es in der Geschichte aus Gründen der Dramatik erscheint. All diese Orte können also auch völlig gefahrlos besucht beziehungsweise erwandert werden.

Etwas anders verhält es sich mit der Handlung und allen Personen, die darin vorkommen – sie entstammen sämtlich dem Reich der Phantasie. Sollte sich trotzdem jemand in einer Person wiedererkennen, wäre das rein zufällig. »Da war Kommissar Zufall mal wieder am Werk!«, würde Robert Doninger dazu sagen.

Aber den Schwarzwald, den gibt es zum Glück wirklich, mit seinen Bergen und der wunderbaren Aussicht von dort auf die Vogesen oder »Les Vosges«, wie die Franzosen sagen!

Doningers und Mertens' »Revier«

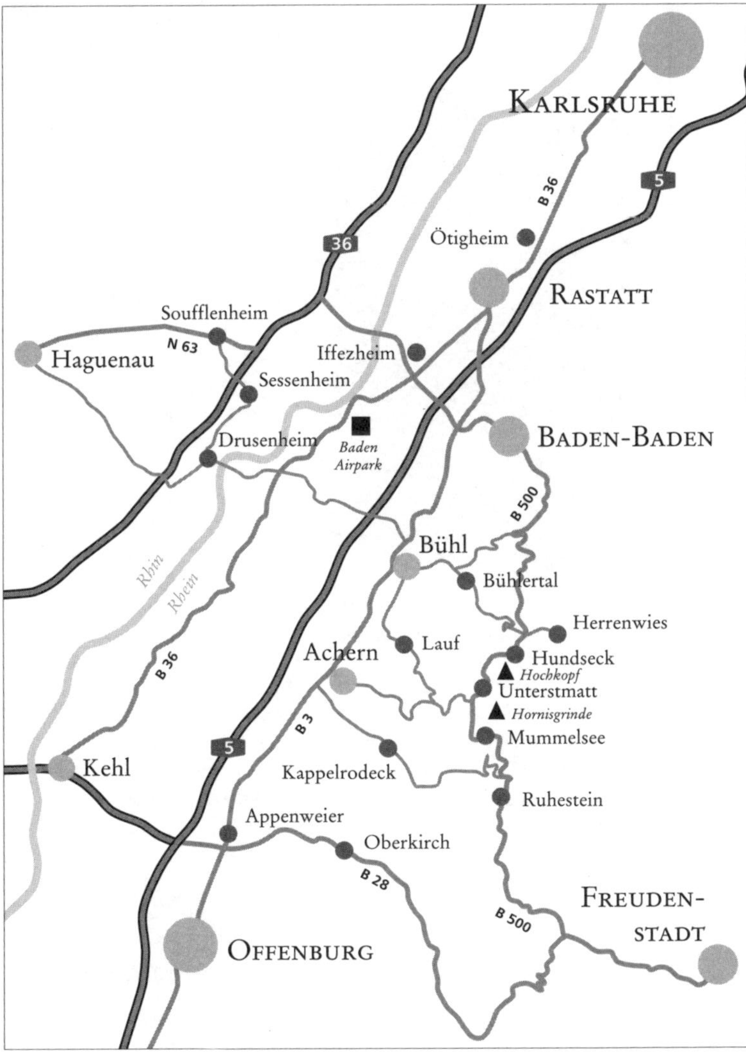